Berlino

Un romanzo sulla
Seconda Guerra Mondiale

Richard G. Hole

Berlino
Un romanzo sulla Seconda Guerra Mondiale

Richard G. Hole

Seconda Guerra Mondiale

SINOSSI

Quella era Berlino...

La terrificante Berlino di alcune terrificanti date storiche, in cui pallidi esseri danteschi, emaciati e nervosi, si muovevano tra i suoi cumuli di macerie, attraverso i suoi viali di macerie, rovine e nudi muri anneriti senza nulla dietro, tranne il vuoto agghiacciante delle loro case senza muri , tetto, pareti o persone; con quell'atroce schiudersi di occhi vuoti che erano le finestre che guardavano verso il cielo stesso, grigio e nuvoloso come l'atmosfera della capitale tedesca.

Sì. Quella era Berlino.

Quella era l'orgogliosa capitale del Terzo Reich, assediata dalle truppe russe, che già combatteva furiosamente nella periferia della capitale, sui ponti che vi portavano...

Berlino è una storia appartenente alla raccolta della Seconda Guerra Mondiale, una serie di romanzi di guerra sviluppati durante la Seconda Guerra Mondiale.

BERLINO

1

Tutto è iniziato una mattina.

L'alba del 16 aprile 1945. Si può dire che tutto ebbe inizio in quelle ore... o che, in pratica, iniziò il compimento di tutto. Era l'inizio della fine. Molti non lo sapevano. Alcuni lo sospettavano. Alcuni lo sapevano positivamente.

La notte era stata relativamente tranquilla nella strada della Germania orientale. Una notte tranquilla, scandita da qualche sparatoria isolata, tra le truppe sovietiche ei nazisti; ma sempre senza profondità né durata. Questo per quanto riguardava il settore dell'Oder.

Più di ventimila bocche ruggirono all'improvviso, rompendo quella relativa immobilità. Un ruggito infernale sembrò scuotere la terra lungo tutta la depressione dell'Oder. I soldati dell'Esercito del Nono Reich sapevano che si trattava del primo assalto russo contro le principali difese tedesche. Se lo aspettavano e resistevano. Hanno resistito anche se l'offensiva era molto più potente e terribile di quanto avessero immaginato. Resistevano sebbene, per numero e materiale, gli uomini del Reich si trovassero in una chiara e clamorosa interiorità.

"" Heil Hitler "" gridarono gli ufficiali, premendo energicamente le labbra. " Tenete duro, soldati! Coraggio ed energia! Berlino non sarà mai del nemico! L'Europa, e con essa Berlino, non sarà mai dei russi!

I soldati combattevano, spronati da quelle brevi, vibranti arringhe. Hanno messo tutto dalla loro parte. Ma nessuno era sicuro che la sua volontà di Führer potesse essere eseguita. Non ora con il trente tedesco a volte sgretolato.

Il fronte dell'Oder resisteva a malapena, nonostante la terribile insistenza, al devastante fardello delle colonne corazzate sovietiche. Truppe d'assalto, aviazione, carri armati e artiglieria, formarono una valanga difficilmente sopportabile dai soldati decimati e demoralizzati della Germania di Hitler.

Erano passati i momenti gloriosi, le date d'oro dell'orgogliosa "Luftwaffe", dell'"Afrika Korps", delle abbaglianti vittorie degli eserciti tedeschi.

Non era più possibile resistere ancora per molto. I giorni del Terzo Reich erano contati. Il suo orgoglio stava crollando contemporaneamente alla sua formidabile macchina militare, incrinata da mille impatti.

Ma lì, nell'Oder, di fronte a un nemico coraggioso, tenace e ostinato, che cercava la via più breve e veloce per Berlino, gli uomini stremati e induriti della Nona Armata subirono l'offensiva orientale, trattennero i soldati russi da allungando un po' i tempi. L'agonia della Germania, l'attesa angosciata, tremante e febbrile di una Berlino in rovina che sembrava attendere solo il peggio...

Non tutti i fronti hanno avuto la stessa resistenza. Il caos cominciava già a dispiegarsi con personaggi indelebili e clamorosi su un altro fronte non meno trascendente per il destino futuro della Germania e dei suoi dirigenti nazionalsocialisti: quello dei Neisse.

Lì furono la Seconda e la Quarta Armata dell'Unione Sovietica a intraprendere l'assalto risoluto contro le difese naziste. Entrambi gli eserciti erano stati urgentemente rinforzati con migliaia e migliaia di carri armati pesanti e vari corpi di fanteria dell'esercito appositamente addestrati. Davanti, indebolita e vacillante, la IV Armata tedesca non poteva opporre molta resistenza.

In preda alla disperazione, ha sopportato alcune ore. poi è crollato...

Le stazioni alleate furono le prime a dare la notizia:

La parte anteriore della Neisse è stata rotta. Le truppe russe stanno già avanzando direttamente verso Berlino con una punta di freccia davvero micidiale. Le ore del Terzo Reich sono contate... »

Le ore del Terzo Reich sono contate!

L'idea è riuscita a malapena ad aprirsi nelmenti stordite e galvanizzate dei grandi del nazismo. Non potevano credere a quello che avevano sentito. Ma sapevano che era la verità. Loro, meglio di chiunque altro, potevano saperlo. I rapporti, i messaggi e le notizie, che giungevano incessantemente al Quartier Generale del Terzo Reich, erano tutte coincidenze: il fronte di Neisse stava irrimediabilmente affondando. ..

"Soldati del fronte della Germania dell'Est!:" Per l'ultima volta, il nemico è passato all'offensiva; cercare di distruggere la Germania e annientare il nostro popolo. Voi soldati dell'Oriente sapete da voi quale destino minaccia prima di tutto donne e bambini tedeschi. Mentre vecchi, uomini e bambini saranno assassinati, donne e ragazze saranno degradate, ridotte alla condizione più bassa e disonorevole. Il resto andrà in Siberia...»

Era firmato da Adolf Hitler, ovviamente. Ed è stato progettato per mantenere il morale dei soldati che combattono l'inevitabile su tutti i fronti in tutto l'Est.

Ormai gli ordini stavano già uscendo dalle cantine della Cancelleria, quindici metri sotto terra. Hitler si era rifugiato nel "bunker" berlinese in previsione di ciò che sarebbe potuto accadere alla capitale tedesca, ora che il nemico era già così vicino, ora che i cannoni avversari già rombavano intorno alla grande metropoli berlinese...

È stato un momento storico. La grande svolta nella storia tedesca. E di tutta l'umanità, drampereticamente legato ai desideri di un popolo che era stato condotto all'olocausto dal più gigantesco e fanatico pazzo di tutti i tempi...

A quel tempo, altre vite erano stranamente legate alla vita e alla morte di Adolf Hitler.

Vite come quelle di Goebbels, Goering, Himmler, Eva Braun, Krebs...

sì altre vite più oscure. vive chenon passeranno mai alla storia. Vite di esseri grigi, nel mondo grigio che circonda sempre le grandi luci della storia.

Vive come Karl Martin, ufficiale del Terzo Reich. Nello specifico, un ufficiale della divisione "Panzer 21", la stessa formidabile divisione che faceva parte degli "Afrika Korps" di Erwin Rommel...

Karl Martin, che Destiny ha scelto come un personaggio in più in quelle ore oscure, sinistre e allucinanti dell'agonia di Berlino, dell'agonia della Germania e dei suoi superuomini...

* * *

"Rommel non è morto per le ferite riportate il diciassette luglio. Rommel fu assassinato.

Un silenzio gelido e mortale accolse le parole audaci e incredibili del giovane ufficiale.

Karl Martin non si accontentava di lanciare quella bomba verbale nella birreria piena di uomini in uniforme con elmetti d'acciaio, croci di ferro, foglie di quercia e svastica sui guerrieri marroni. Era venuto al bancone, aveva bevuto un lungo sorso di birra, non appena aveva terminato la sua enfatica frase, e poi aveva posato di nuovo il boccale bavarese, schiumando di liquido dorato, e aveva fatto ancora qualche passo. I suoi stivali neri lucidi tuonavano sul pavimento del negozio.

Si fermò all'improvviso. Ancora una volta ha emesso un criterio spericolato, quasi suicida:

"So cosa è successo al nostro quarterback. Potrei riferire quello che è successo, signori. Potrei dire a tutti che Erwin Rommel, il nostro eroico gran maresciallo, era pericoloso per qualcuno. E quel qualcuno lo ha eliminato. Il resto era una farsa. Anche funerali e servizi commemorativi.

Un altro silenzio. Stupore, incredulità, apparvero sui volti dei presenti. Qualcuno ha avvertito:

"Attento, Martino. Tutto quello che dici è molto serio. Se qualcuno ti ha sentito...

"Cosa c'è che non va?" Karl si rivolse al suo compagno. Hai paura?

"Onestamente... sì.

"Magnifico! Siamo il miglior esercito del mondo. E abbiamo paura di parlare, paura di dire la verità. Siamo soldati o troie rannicchiate?

"Martin, penso che tu stia esagerando", ha avvertito un altro. Abbiamo tutti sentito la fine del nostro capo come te. Ma cosa possiamo fare adesso? La divisione "Panzer Twenty-one" è stata dispersa in varie missioni in Europa dalla difesa di Caen fino ad oggi. Nessuno può portare il maresciallo torna in vita e le cose in Germania vanno abbastanza male da correre il rischio che la maggior parte di noi venga fucilata o imprigionata per presunte calunnie e commenti ribelli.

"Siamo obbligati a guardare in faccia la verità!" Martin ha protestato. "Non intendiamo provocare una ribellione, ma discutere, scoprire cosa è successo a Erwin Rommel. Sapere perché e da chi è stato ucciso, distrutto.

Di nuovo quel silenzio teso, fastidioso, inquietante. E ancora una voce, quella di un altro degli ufficiali della divisione «Panzer», presente nei locali:

«Tutti... sappiamo tutti chi ha ucciso Rommel, Martin. Perché parlarne?

"Perché parlarne?" ripeté Karl furiosamente. Perché "non" parlare? Perché il nome dell'assassino è... "Adolf Hitler"?

Fu come una scossa violenta. Di paura, di angoscia, di disagio per ognuno dei presenti. Il capitano Brunner posò la birra, si alzò e attraversò la stanza, lasciando i locali in completo silenzio. Poi fu il sergente Wiemar, con Obbër, caporale Schultz... E così, uno per uno, se ne andarono tutti, lasciando Karl Martin, l'audace ufficiale delle pericolose affermazioni, solo in mezzo alla stanza.

Ma non era completamente solo. Da un angolo lontano, dietro le grosse botti allineate in fondo al birrificio, spuntava lentamente un altro soldato. Con passo tranquillo si avvicinò a Karl. Lo guardò con indifferenza da sopra il boccale di birra.

"Non te ne vai anche tu, Rudolph?" chiese acido Karl. Se la paura ti attanaglia, è meglio che te ne vada con gli altri. I codardi mi disgustano.

E uno sembra essere qui circondato da loro ovunque. Questa è la grande Germania che quel pazzo sognava...

"Karl, ti parlerò da amico" sospirò l'altro soldato, posando il boccale vuoto sul bancone. "Come militare, non potevo farlo. Tu sei un tenente e io un sergente. Non sono in grado di darti consigli. Ma ascolta l'amico. A Rudolph Börn, l'uomo.

"Ti sto ascoltando, Rudy. parla.

" Non ripetere simili affermazioni in futuro, Karl. Sono terribilmente pericolosi. Non solo per te, ma anche per chi ti ascolta. E, come dici benissimo, non tutti hanno il coraggio di affrontare le conseguenze di una cosa del genere. Io non ho paura. Forse perché non ho famiglia eLe SS potrebbero, semmai, punire me, ma mai i miei parenti. Gli altri sono casi diversi. Temono per loro stessi, Karl.

"Dovevamo essere fedeli a Rommel fino alla morte, giusto?

"Certo, Karl. Lo eravamo e lo saremo sempre. Ma sarebbe inutile parlare e gridare, accusare ad alta voce, perché non ci avrebbero lasciato andare avanti. Il maresciallo è morto. C'è stata un'opportunità per venire in suo aiuto , anche per andare contro la ribellione per salvargli la vita, ma non è stato possibile. Non sapevamo cosa fosse pianificato contro di lui, finché non era troppo tardi. Ora non possiamo più riportare in vita Karl. E dobbiamo continuare , come soldati, combattendo per la Germania.

"E da Hitler?" Karl rise sarcasticamente.

"Per la Germania. È tutto" serenamente, il sergente si è abbottonato la tunica e ha tolto il berretto da una gruccia, sistemandolo sui capelli brizzolati. "Non voglio vederti nei guai ora che il generale von Kelber sta cercando un assistente ufficiale tra lo staff della divisione Panzer Twenty-One, e hai buone possibilità di lanciare quel posto e andare a Berlino con lui.

"Berlino..." rifletté Karl, serrando le mascelle. Non vorrei andare con Von Kelber a Berlino. Preferisco continuare qui a Gottinga.

"Sì, a Gottinga abbiamo tutti bisogno l'uno dell'altro. Soprattutto da quando gli alleati hanno attraversato il Basso Reno e la ventunesima armata degli Stati Uniti sta arrivando qui. Quelli della divisione "Panzer" devono difendere queste città perché sono l'accesso all'interno della Germania...; ma i russi premono anche sul fronte orientale e l'ultima notizia arrivata è che i sovietici avanzano, nonostante le resistenze che incontrano, verso Berlino. E solo un mese fa hanno attraversato l'Oder, a sud-est di Breslavia. Le cose vanno male, Karl. Specialmente per. Berlino Ecco perché i massimi leader si riuniscono lì in vista di un ultimo sforzo ...

"Non lo so, Rudy..." mormorò Karl, scuotendo la testa sconsolato. Non so più cosa pensare di questa guerra. All'inizio credevamo tutti che sarebbe stato breve, fulmineo e trionfante. Che stavamo combattendo per una Germania nuova e migliore. Ma questo era all'inizio. Ora... ora ci si sente strani su tante cose che un tempo sembravano sublimi.

" Te lo ripeto, Karl: non parlare così. Non commentareNiente. Pensa quello che vuoi, ma non esprimerlo ad alta voce, ti prego come un amico che ti apprezza veramente.

"Grazie, Rudy" gli accarezzò la schiena con calore. Stand reali. cercherò di correggermi. Hai ragione su una cosa: abbiamo amato Rommel. E non ti restituiremo mai la vita con le parole. Non renderemo giustizia nemmeno ai suoi assassini, chiunque essi siano...

"Esatto, Karl. Scusa se ti ho parlato così. Non dimentico che sono un tuo subordinato. Ma sono più vecchio di te... e penso di avere ragione.

"Sì, Rudy. Hai ragione" Karl scosse la testa. Guardò il suo boccale di birra quasi vuoto. Lo rovesciò e il liquido schiumoso colò sul legno lucido del bancone". Forse ho bevuto troppo, Rudy.

"Può darsi. Vieni, Karl?

"Vado subito" si rivolse al barista. " Ludwing, incassami. E fa pagare anche per Rudolph. Cosa ti devo?

"Sono undici marchi, tenente" sorrise Ludwing Strauss, un po'
meno nervosa di prima.

"Okay" Karl gli lanciò fino a quindici marchi sul bancone.
"Risparmia il turno, Ludwing. Per il brutto momento che ti ho fatto
passare.

"Grazie, tenente Martin." Ludwing si chinò sul bancone. E fidati di
me, ascolta il tuo amico sergente. Non ripetere quei discorsi. Nessuno è
rispettato qui. Anche mio figlio sarebbe in grado di tradirmi se servisse
il Partito nel farlo. È quello che instillano in loro, lo sai.

"Tuo figlio è nella Gioventù Hitleriana?

"Sì, tenente. Otmar è un caporale del suo secolo e tutta quella roba.
Mettono il militarismo nel sangue. E le idee naziste non distinguono
esattamente tra uno sconosciuto e un padre o un fratello quando
denunciano un atto contro il regime; lo sai .

"Sì lo so. Le idee naziste non fanno nemmeno distinzione tra i loro
eroi", quando eseguono quelle segnate dalle SS o dalla Gestapo.

Ha lasciato la mensa. Il sergente Rudolph stava già aspettando al
volante di un'auto militare. In lontananza arrivava il ronzio dei motori
a reazione. I due uomini si guardarono,

"Dubito che siano uno di noi", ha commentato aspramente
Rudolph Börn. La "Luftwaffe" non è più quella di una volta. Devono
essere squadre alleate...

Quando l'auto partì, per le strade della cittadina di Göttingen,
pacifica e provinciale nonostante il cartello militare che attualmente
ne presiedeva la vita, con barricate, trincee e postazioni armate in ogni
punto, in attesa dell'inevitabile assedio degli anglo-americani che si
spostavano da occidente, attraverso la Germania invasa, esplosioni
sordi, clamorose, ancora lontane, miste al russare degli aerei.

"Bombardamento" sospirò Karl "No, non erano uno di noi, Rudy...

2

Ludwing Strauss fissò i due uomini in piedi al bancone. Aveva appena servito loro due boccali di birra. Studiò il suo aspetto con una certa diffidenza. Non gli piacevano le coppie di uomini ermetici, con un impermeabile o un cappotto, un sorriso affabile e un'aria borghese, di solito erano agenti speciali della Gestapo in uno dei loro sinistri servizi.

Quei due sembravano così. Sia quello con il cappotto nero e i gatti montati in aria, sia quello con l'impermeabile leggero e il cappello floscio, color "beige". Il fatto che non lo guardassero nemmeno o mostrassero interesse per la sua istituzione, piuttosto che essere un'indicazione negativa di una tale possibilità, destò ulteriormente i sospetti di Strauss.

Stavano già scolando la birra e tutto sembrava mostrare che Ludwing aveva sbagliato nei suoi dubbi, quando accadde il temuto.

"Molti ufficiali e sottufficiali della divisione 'Panzer' vengono qui, vero?" uno dei due parlò all'improvviso, chinandosi sul bancone, con l'aria di chi studia un raro esemplare di farfalla. Solo che stava studiando Ludwing Strauss, e si sentiva come se fosse già stato trafitto dalla spilla mortale del collezionista.

"Beh, sì, hanno sempre frequentato la mia casa" concordò Ludwing, controllando la sua preoccupazione e offrendo il suo miglior sorriso sul viso grassoccio, di buon colore e con gli occhi azzurri brillanti ". L'esercito ed io siamo buoni amici, signore.

"Non ho dubbi" sorrise pallido l'altro, con uno sguardo freddo come il ghiaccio ", Buoni amici, barista. Devi essere un buon amico di un militare che offende il Führer e lo insulta senza che le autorità se ne accorgano, giusto ?

Un pallore mortale si diffuse sul viso di Ludwing, le cui guance rosse diventarono color cera. Gli tremavano le ginocchia e dovette appoggiarsi al bancone, fingendo di pulire le pozzanghere di birra con un panno, per ricostruirsi e attendere gli eventi, il più vigile possibile.

13

"Temo di non capirvi, signori," disse molto serenamente.

"È inutile fingere, amico," disse freddamente il tipo con il cappotto scuro e gli occhiali sul naso adunco. Ha ricordato Himmler, il capo supremo delle SS". Completamente inutile. Suo figlio, Otmar Strauss, ha già denunciato quanto sta accadendo al partito. Ha sentito gli ufficiali parlare qui ieri. Non è stato in grado di raccogliere i loro nomi, ma sa che la Germania e il Führer sono stati traditi qui. È abbastanza.

"Mio... figlio..." ansimò Ludwing. Impossibile impossibile!

Gli uomini della Polizia Politica si guardarono, alzando le spalle. Poi uno si voltò verso la porta. Lì, biondo e grassoccio, eretto e impassibile, come un mostriciattolo, nella sua divisa della Gioventù hitleriana, c'era il piccolo Otmar Strauss, con i suoi tredici anni, la sua rigidità militare, la sua espressione fredda e insensibile di membro drogato del partito nazista e reich.

Anche Ludwing lo fissò, stupefatto, con un sussulto convulso e disperato.

"Otmar, figliolo..." sussurrò. Tu, non potevi dire... qualcosa di così orribile.

"Mi dispiace, padre," disse il ragazzo in modo aspro, in modo decisamente militare. "Sono un soldato della Grande Germania. Il Führer esige disciplina e lealtà da me. Non posso tacere. Era vero. Ho ascoltato dall'alto, dalla mia camera da letto. Non ho sentito tutto, ma ho sentito parte Ho sentito delle voci... Hanno parlato contro il "mein Führer". Traditori, cani traditori! Niente ti va contro, padre. Tu parli. Fai dei nomi. Ti aiuteranno.

"Sì, Strauss" sorrise, bonario, quello con l'impermeabile. " Mi chiamo Veit Horsmeyer della polizia segreta di Stato. Prometto di aiutarti. Non è necessario che tu paghi per la colpa di qualcun altro. Avrebbe dovuto informare il nostro dipartimento "immediatamente". Ma tuo figlio l'ha fatto, e possiamo essere condiscendente con te, ignorando tali circostanze e facendoti il referente. Fammi dei nomi, Strauss, e non ho nulla da temere. A tempo debito sarai chiamato agli uffici della Gestapo per identificare l'imputato, senza che ti vedano, e che lo sarà.

Il birrificio di Göttingen ha avuto un tragico movimento vacillante. Da quel momento dipendeva la vita dei suoi clienti, militari come Karl Martin. Gli uomini della Gestapo si inchinarono ansiosi, aspettando le sue parole di chiarimento.

Ma Ludwing Strauss si raddrizzò dopo, guardandoli freddamente. Parlò bruscamente:

"Non so di cosa stiano parlando. Né tu né mio figlio. Non ho mai sentito nulla di sovversivo nel mio birrificio. Ora ti prego di andartene.

«Lei è molto coraggioso, signor Strauss. O molto sciocco", quello nella sillaba del mantello nero". Io, come il mio partner Horsmeyer, prometto di aiutarti se sarai onesto. Se no... nessuno potrà fare niente per te.

sì quando partiamo verrai con noi.

"Dai, padre" disse il ragazzo con un sorrisetto. "Parla ora. Sei un buon patriota come me. "Heil, Hitler!" Non puoi deludermi, vero, papà?

Intensamente livido, Strauss si tolse il grembiule da lavoro allo sguardo impassibile dei nomi della Gestapo. Poi, molto lentamente, guardò il figlio e dichiarò:

«Mi hai già deluso abbastanza, figliolo. Avanti, signori. Portami al mattatoio come tanti altri. Sono disposto.

"Strauss, non commettere questo errore", avvertì Horsmeyer. Una volta negli uffici non ci sarà soluzione... Né noi né nessun altro riusciremo a tirarti fuori di lì.

"Credi che non lo sappia?" Il triste sorriso di! birraio aveva un sottofondo patetico". Vai avanti. Sacrifica ancora un altro.

"Sei pazzo, Strauss? Quell'ufficio! Quello che ha parlato! Un nome... e sarai libero! Nessuno pensa a disturbarti! Ha un figlio nella Gioventù e...

"Non credo di avere figli," disse Ludwing freddamente guardando il bambino. Me l'hai portata via molto tempo fa, quando ti instillavi nel cervello che la Germania poteva essere grande solo non rispettando genitori, figli o fratelli, per il bene del Partito. Dove ti aspetti che andiamo con quell'apostolato? Credi che Dio non si coprirà di vergogna il suo volto quando vedrà che noi, sue creature, siamo capaci di degradarci così tanto?

"Strauss, smettila di parlare!" Horsmeyer avvertì freddamente. Si sta perdendo!

"Sono già perso. Ma nessun nome uscirà dalle mie labbra. Mai.

"Non esserne così sicuro" rise quello con il cappotto nero. La Gestapo ha i mezzi per far parlare chiunque... anche il più riluttante. Lo dirà senza nemmeno rendersene conto...

"No!" E all'improvviso una delle mani massicce di Ludwing volò su un enorme boccale di birra vuoto che poteva contenere più di cinque litri del liquido dorato nella sua forma densa e vetrosa, e lo sparò, contro il teschio di cui parlava. .

Fu uno shock brutale per il tempio. Quello con la tunica nera, con sorprendente rapidità, aveva estratto un'arma; ma la "Luger" nera e azzurrata gli balzò dalle dita mentre il contenitore gli andò a sbattere contro il viso e la tempia, rompendosi con uno schiocco secco.

L'uomo rotolò a terra con un impatto secco come il colpo della brocca.

Ludwig saltò giù dal bancone con un balzo netto e agile e corse alla porta. Suo figlio ha cercato di fermarlo ed è stato spinto, sbattuto violentemente contro un tavolo e alcuni sgabelli, mentre il padre si è gettato vertiginosamente fuori.

"Fermare!" Horsmeyer ha avvertito. Fermati o spara! Non farlo, Strauss!

Il birraio non si è fermato. Il disparato uomo della Gestapoo.

Era un colpo singolo. Ludwig si fermò di colpo, inciampò vicino alla soglia e si voltò quando la sua schiena cominciò a essere coperta di sangue. Sorrise a Horsmeyer e cercò a tentoni una bottiglia di birra da uno scaffale immediato, con l'intenzione di lanciarla al suo nemico. Horsmeyer premette di nuovo il grilletto.

Questa volta il proiettile ha colpito Strauss allo stomaco. Si è piegato in due con un colpo di tosse. Si è rotolato per terra. Alla fine rimase immobile, ansimando, versando qualcosa di rosso e denso sulle piastrelle della birreria. Il bambino, senza parole, con gli occhi azzurri dilatati dall'orrore, fissava il padre sdraiato. Allora, tremante, si incamminò verso di lui con passo incerto, esitante, mentre gli occhi chiari e fanatici del ragazzo, invecchiato dalle idee politiche, si inumidivano di qualcosa di umano, patetico, inorridito e incredulo.

"Padre..." rifletté. Papà...!

"No... non possono... togliermi la verità," boccheggiò Ludwig a terra. Non potranno mai farlo. Nemmeno la Gestapo, signore... Horsmeyer...

Il suddetto strinse le labbra sottili per la rabbia, nonostante. La morte imminente di Strauss sembrava farlo infuriare più di ogni altra cosa.

Il figlio di Strauss si lasciò cadere accanto a suo padre. Singhiozzava, sussurrando:

"Perché, papà... perché? Dovevi solo... dare un nome... Solo quello! Non volevo... non volevo... essere ferito... ferito...

Ludwig lo fissò, il viso già contorto dalle ombre mortali.

"Questo ti insegnerà, figliolo..., a non anteporre la dottrina nazista ai tuoi sentimenti umani. Nessuno dovrebbe... denunciare il proprio, perché lo richiede il Partito...

I suoi occhi si chiusero. Era morto. Il piccolo Otmar stava singhiozzando sopra il cadavere. Horsmeyer si voltò verso il suo compagno, chinandosi su di lui. Un rivolo di sangue gli uscì dal naso. Aveva un colore giallo in faccia. Era morto come il birraio. L'impatto della brocca era stato fatale.

"Accidenti a Strauss..." mormorò l'uomo della Gestapo. "Dannazione stupida...

***

«Scelto personalmente dal generale Von Kelber, il tenente Karl Martin, della divisione « Panzer 21 », si unirà al gruppo dei collaboratori diretti e degli assistenti speciali del generale a Mühlhauser per partire alla volta di Berlino, dove il generale entrerà a far parte dello Stato Maggiore dell'Alto il Terzo Reich. "

Detto questo la spedizione ricevuta. Karl Martin arricciò le labbra, tirandolo indietro con rabbia, dopo averlo letto di nuovo. Dietro di lui la molla della scatola scricchiolò mentre Roszy balzava in piedi.

"Cosa c'è di nuovo, caro?" Chiese la giovane donna, canticchiando "Lili Marlen" sottovoce.

"Beh... sì, sì", ammise Karl distrattamente. Penso che farò un viaggio, Roszy.

"In viaggio!" Si precipitò su di lui, lo strinse con un abbraccio violento, intenso, che aderiva le sue donne turgide al corpo del giovane ufficiale». Karl... vai al fronte?

"È possibile. Vado a Berlino.

"Berlino!" Roszy ha dato di matto. Berlino... Quello è il davanti, Karl!

"Sì. Berlino è già il fronte della Germania dell'Est", concordò. A quanto pare, però, non andrò in trincea vera e propria. Non ancora. Vado con lo stato maggiore.

«Comunque, Karl... ho paura. Non voglio restare da solo a Gottinga!

«Mi dispiace davvero, Roszy. Non posso fare niente. Sono un soldato e devo obbedire agli ordini. Questa mattina mi presenterò al generale von Kelber.

"Karl... Karl, vorrei venire con te.

"È impossibile, Roszy.

"Cara, non vorrei essere un ostacolo per te. Ho famiglia a Berlino, un cugino che fa la cameriera in un Dipartimento di Stato e...

"Scusa, Roszy. Non può essere, prendilo. Più tardi, forse...

"Ci sarà un 'dopo', - Karl?" Chiese la ragazza con improvvisa gravità.

Karl per il momento non ha risposto. Se c'era una ragazza spensierata e frivola che non si esprimeva mai sul serio, era Roszy Polman. Adesso sembrava improvvisamente preoccupata per qualcosa, e la sua consueta superficialità lasciava il posto all'angoscia, a una tensione latente. Qualcosa che forse è sempre esistito e che ha cercato di combattere con la sua frivolezza, la sua noncuranza, il suo modo di vivere, sentire, amare intenso e non moralistico...

"Non lo so, Roszy," disse dopo un silenzio. Non so se ci sarà un "dopo" o meno. Nessuno può sapere niente oggi, mia cara... Nemmeno se esisterà domani.

"Karl, ho paura...

"Abbiamo tutti paura" sospirò Karl, stringendo le mascelle ". E a volte non sappiamo nemmeno perché...

Indossò la tunica e la abbottonò. Poi guardò la città, oscurata di notte per evitare i bersagli dell'aviazione alleata nei loro sempre più frequenti bombardamenti, attraverso la fessura del finestrino.

"Torni a casa anche stasera, caro?" Ha chiesto dolcemente.

«Devo farlo. Sono già le quattro del mattino, Roszy. Alle sette devo essere in caserma e presentare all'ufficio del generale von Kelber un trasporto militare a Mohlhausen. Tutto questo è urgente, l'avete già visto nell'intestazione della spedizione e nella busta in cui mi è stato consegnato. Credimi, mi dispiace per questa marcia frettolosa quanto te, Roszy. Sono sincero quando ti dico che mi piaci e che sei una ragazza affascinante, una compagna ideale...

"Il compagno ideale per le ore di un soldato che non sa mai quando finirà il suo tempo felice, vero, Karl?" Parlava volendo sorridere ed essere sorprendentemente amareggiata "Solo quello, non la ragazza che si sposerebbe...

Karl la guardò gravemente. Così, semivestita, con le sue forme e l'arroganza di donna piena di sensualità, Roszy sembrava proprio quello che diceva. Era l'immagine della ragazza nel tempo libero, quella che vende il suo tempo e le sue carezze agli uomini che fanno la guerra. Per Karl era qualcosa di più. E lo disse in modo succinto, senza mezzi termini:

"Ci sarà chi la pensa così. Io, no, Roszy. Ti apprezzo in un altro modo. Penso che ci sia qualcosa di meraviglioso in te che fa volare il tempo. Quando questo accade ed è solo un brutto ricordo, come quello che lascia un incubo, io e te parleremo di..., di quello. Sposarsi ...

"Carlo!" spalancò i suoi occhi limpidi e belli. Lei lo guardò stordita. Non sei serio, vero?

"Cosa pensi?

"No, certo" rise come se volesse continuare ad essere superficiale, dimenticando l'improvvisa intensità data alla sua conversazione, solitamente leggera e senza alcun significato. Ora dimentica i matrimoni e tutto il resto. Stava scherzando

"Rossi...

"Stavo scherzando, te l'avevo già detto. Voglio chiederti di vedere mia cugina Erika quando sarai a Berlino, se puoi. Vive in Friedrich Street, vicino al ponte...

"Certo, certo che andrò a trovarla. Dammi il tuo indirizzo e io...

È stato interrotto. Il campanello dell'appartamento era appena suonato. Roszy iniziò, raddrizzandosi. Guardò Carlo.

"Hanno chiamato", ha commentato.

"Sì, l'ho notato" si strinse nelle spalle. Forse si sbagliavano...

"Alle quattro del mattino?" Il campanello suonò di nuovo. "Aspetti qualcuno, Roszy?

"Io no...

"È strano..." Fece qualche passo verso la porta che comunicava la camera da letto con l'armadio e quest'ultima con l'ingresso. Sulla porta dell'appartamento, dopo una breve pausa, insistette il suono vibrante del campanello. Da qualche parte, lontano dalla città, rimbombò l'artiglieria, come un contrappunto sconvolgente e inquietante". Molto strano, Roszy.

"Aspetta, Karl. Vado a vedere chi è...

Si avvicinò alla porta. All'improvviso, come se sentisse qualcosa di sbagliato, si voltò dall'ombra di! gabinetto, fissò il giovane ufficiale e mormorò:

"Se dovesse succedere qualcosa, Karl... ricordati che c'è un'altra via d'uscita: la finestra della cucina si affaccia sul patio. Un tubo corrugato molto resistente sale lungo la parete. Ha dei difetti che un ebreo che una volta avevo affittato aveva già usato. È così che è fuggito dalle SS Il tetto della casa confina con un altro edificio e l'accesso è facile. Quell'edificio ha un'uscita su un'altra strada.

"Perché me lo stai dicendo, Roszy?" Parlava a voce tesa. Sono un ufficiale dell'esercito del Reich, non un ebreo perseguitato... Nessun pericolo dovrebbe attendermi qui fino all'arrivo degli alleati.

"Nella nostra Germania di oggi, Karl... nessuno sa quando e dove si trova il pericolo", sospirò infine Roszy, dirigendosi verso la porta, mentre un anello più lungo strattonava i nervi di Karl Martin.

La sentì aprire la porta. Meccanicamente appoggiò la mano sulla fondina della sua fondina. Poi lo spinse via, dicendosi che era un atto ridicolo. Come temere qualcosa, nel tuo stesso paese, come membro dell'esercito nazista? Era davvero assurdo.

"Buonasera, 'Fraulein' Polman" sentì salutarlo una voce cremosa e dolce che, senza conoscerne la causa, lo disgustò. "Tardio mi hai risposto molto...

" È vero. Non pensavo avessi fretta,signore. Chi sei?

"Il mio nome non ti dirà niente: mi chiamo Veit Horsmeyer. Sei solo?

"Certo che no. Sto con un uomo. Questo è un crimine?

"Non ho detto che c'è un crimine. Non credo nemmeno di aver detto che sono un poliziotto.

"Ma è.

Molto intelligente, Fraulein Polman. posso passare?

"Sei un poliziotto?

"Sì" sospirò la voce. Polizia di Stato segreta.

Carlo rabbrividì. Anche i tedeschi furono spaventati da quella menzione: "Polizia di Stato segreta" ... "Geheime Staats-Polizei". Con le sue prime tre sillabe si unì "Gestapo". Non sono mai venuti per niente di buono. Spie, nemici del regime, ebrei, trii e inchieste snervanti... La Gestapo. Perché stava cercando Roszy?

Si avvicinò al gabinetto mentre la conversazione continuava nell'atrio. Come se Roszy avesse catturato i suoi pensieri, stava facendo una domanda:

«Perché viene a casa mia a quest'ora, signor polizia?

"Per favore, non chiamarmi così. Non mi piace ", ha detto Horsmeyer con un accento cremoso. Sono Horsmeyer, ricorda...

"Bene. Cosa sta cercando qui, signor Horsmeyer? Non ho conti con la polizia.

"Certo che no. Non ho detto questo, "fraulein" Polman. Con che uomo stai?

"Con me, signor Horsmeyer," scattò Karl, comparendo sulla soglia del piccolo ingresso di Roszy.

"Oh, tenente..." l'agente della Polizia Segreta di Stato si voltò, fissandolo con i suoi freddi occhi beffardi ". Piacere di conoscerla. Tenente Karl Martin?

Karl strinse gli occhi, aspramente, senza distoglierli dal visitatore.

"La Gestapo sa tutto, vero?" Sibilò ostile.

"Quasi tutto, 'Herr' Martin", rise mellifluo Horsmeyer. Tu, invece, forse ignori le cose...

"Non mi interessa sapere altro che il mio dovere di soldato,

"È un peccato. Potresti sapere cose che ti interessano. Cose dei suoi amici...

"Amici miei? A quali amici? A cosa si riferisce?

Prima di tutto, tenente, non vengo qui a quest'ora per vedere l'indubbio fascino di "Fraulein" Polman, ma per vedere "te".

"Me?" Karl inarcò le sopracciglia mentre Roszy, un po' pallida, si copriva la bocca con una mano, come per soffocare un grido di paura, di latente preoccupazione. Perché, signor Horsmeyer? temo di non aver capito niente di tutto questo...

"Capirai subito. È morto un suo amico.

"Morto?" Karl alzò dolcemente le spalle con un cipiglio di amarezza sulle labbra. "Così tanti muoiono in questi giorni, signor Horsmeyer.

"Questo amico non era un soldato. Era un birraio: si chiamava... Ludwig Strauss.

Karl ha perso un po' di colore. Un brivido le corse lungo la schiena. Guardò gravemente, serenamente, l'uomo sorridente e beffardo, con un impermeabile leggero e un cappello floscio, che lo stava guardando come un entomologo potrebbe guardare un raro, ambito insetto.

"Ludwig..." mormorò con voce roca. Mi dispiace. Era un brav'uomo, cosa gli è successo?

«L'ho ucciso», spiegò gelidamente Horsmeyer.

"Tu! "Gli occhi del tenente lampeggiarono, guardò con orrore l'uomo della Gestapo", L'hai ucciso ... e lo ammetti così, così freddamente, perché? Che cosa ha fatto?

"Era testardo. Non voleva parlare. Suo figlio è un giovane nazista orgoglioso. Ha adempiuto al suo dovere di riferire quanto accaduto al birrificio. Sai, Martino. Il colloquio tra diversi ufficiali della divisione "Panzer 21", fedeli a Erwin Rommel. Così leali da andare in sovversione. Quei pazzi non capiscono...

«Anche io appartengo alla divisione 'Panzer', signor Horsmeyer.

"Lo so, lo so. Ecco perché sono qui" sorrise sornione". Ludwig non era un buon patriota. Colpì a morte anche il mio compagno Helm.

Brutti affari, tenente. Gli avrebbero sparato se non lo avessi ucciso lui quando ha cercato di scappare. Nessuno sfugge alla Gestapo. Lo sai, vero?

"In particolare" digrignò i denti di Karl", cosa vuoi da me?

«La verità, tenente Martin. Solo la verità "restringeva i suoi occhi, caustica". Ti chiedo molto poco, non è vero? Eri a quell'incontro, lo so. Voi... saprete chi ha parlato male del nostro Führer, che ha macchiato la sua persona gloriosa con insulti e frasi da ribelle, sedizioso, nemico della Germania...

"E... se ti dicessi che non ho sentito niente, che non ero in una simile riunione...

"So che mentirei. Lo farei arrestare per parlare nei nostri alloggi.

"No, non quello!" Roszy ansimò inorridita, appoggiandosi a un piccolo mobile nell'ingresso, con un gesto tremante. La Gestapo... "Mai". Mai, Carlo...

"Sembra che abbiamo una pessima reputazione", ha riso l'agente della Polizia Segreta di Stato con una risata acida.". Vede, tenente. Perché non parli ora e mi dici chi ha parlato così? chiedo solo quello. Tu stai con il tuo piccolo amico e io me ne vado. ti lascio solo. È tutto.

"Qualunque cosa?"

"Non disturberei inutilmente un giovane ufficiale con un brillante futuro, rivendicato dallo stato maggiore, il tenente Martin,

"Lo sai anche tu?

"Sappiamo tutto.

"Allora devi sapere che il mio futuro radioso saràper una lastra o un campo di concentramentoon, lo soño Horsmeyer. È il destino di tutti i tedeschi. Noi siamopern schiacciamento. Non supereremo il 1945, nemmeno il primo semestre, lo sai. O la Gestapo lo ignora? Siamo sull'orlo della sconfitta, del disastro. E ti dedichi a uccidere i tedeschi invece di farlo con americani, inglesi o russi.

Horsmeyer ha accusato il colpo. Strinse le labbra con rabbia. Si raddrizzò irritato e rispose con virulenza:

«La smetta di fare accuse pericolose e insinuazioni disfattiste, tenente, e parliamone una volta per tutte. Chi tra i suoi compagni della divisione "Panzer 21" ha parlato in quel modo, dichiarandosi colpevole di tradimento contro il Reich?

"Posso dirti che non ne ho idea. Non lo so.

«Mentirei. Non le avrei creduto, tenente Martin. La persona è nota.

"E se gli dicessi che lo so... ma non lo rivelerò mai?

"Si dimostrerebbe poco intelligente quanto il suo amico Ludwig. Facciamo parlare tutti.

"" Karl, dillo ... Parla se lo sai, "Roszy supplicò". Non lasciarti trasportare lì...

"Quale dolore attende il colpevole?" - chiese con calma, freddamente, Karl Martin.

«Quello della morte, ovviamente. Sparatoria per tradimento e sovversione del Führer.

"Beh. È quanto volevo sapere" sporse le labbra, prese un respiro profondo, espellendo il soffio d'aria che emise la sua rivelazione: Sono io, signor Horsmeyer. Ho parlato male contro il Führer, contro il Reich, contro tutto il marciume e la carogna che ci circonda e che ci fa cadere stupidamente e crudelmente davanti agli alleati.

"Tenente Martin!" ululò Horsmeyer, livido. Ti rendi conto di quello che stai dicendo?

"Ripeto quello che ho detto mille volte prima d'ora: hai ucciso Rommel. Non vuoi un esercito potente e leale, o un nobile esercito, o una dignità umana. Voi sporchi nazisti volete solo una Germania egoista, gettata nell'abisso, sacrificando chiunque nello sforzo...

"Tenente Karl Martin!" Horsmeyer intervenne, togliendosi rapidamente una "Luger" dal suo trench. " In nome del "mein" Führer, fammi prigioniero. Sarà processato come traditore del Reich. Dammi la tua pistola e non provare niente. Una macchina della pattuglia piena di poliziotti mi aspetta al piano di sotto, e io .. Non farlo, stupido!

Gridò questo, rivolgendosi a Roszy che aveva improvvisamente raggiunto il piccolo cassetto nell'armadietto immediato, tirando fuori una piccola pistola automatica.

Il gesto dell'astuto poliziotto di Hitler non fu ascoltato. Horsmeyer, vedendo la mano armata di Roszy alzarsi, fece fuoco senza perdere un attimo. Roszy, a sua volta, sparò anche lui, quando già stava ricevendo il proiettile dal "Luger" al petto, sopra il cuore.

3

"Roszy no!" Karl sussultò per l'angoscia quando i due colpi si intersecarono.

Vide rabbrividire la bella ragazza, sul cui "sbilanciato" il sangue sgorgava dall'opulenza del suo seno sinistro. Cominciò a sgretolarsi, mentre Horsmeyer, che aveva cercato di volgere rapidamente la sua arma verso l'ufficiale, fu sorpreso dal proiettile di Roszy, che lo colpì alla spalla. Esitò, sul punto di lasciar cadere l'arma. Karl estrasse rapidamente la sua pistola. Sparò una volta, senza sosta.

Il cuore dell'uomo della Gestapo, colpito in pieno dal proiettile a bruciapelo, ha smesso di funzionare. Horsmeyer crollò, colpendo prima il muro, poi baciando il suolo.

Karl corse da Roszy, il cui cuore a volte si fermava, senza dubbio colpito indirettamente dal proiettile. Ebbe solo il tempo, mortalmente livida, di mormorare indicando il retro della casa: ~ Caro..., scappa... La... finestra... sul patio. Se salgono... e ti trovano... ti uccideranno. Lascia che... credano... che io... ho ucciso quel... cane... rro... "

Stava morendo. Karl udì il rullo degli stivali per la strada, voci aspre, passi rapidi su per le scale. Non esitò più. Si chinò. Baciò le labbra di Roszy, che si era sacrificata per lui. Mormorò con voce rauca:

"Un giorno... tornerò a Gottinga... e ti cercherò per ringraziarti di tutto, Roszy...

"Veloce! Cercami allora... nel cemento... Karl...!

Lei ansimò disperatamente. Si irrigidì. Karl la lasciò dolcemente, un altro bacio sulle labbra. L'ultimo. Rosy era morto. Il giovane ufficiale rimise la sua arma nella fondina, afferrò il mantello e il berretto e corse alle retrovie. Poco dopo bussarono alla porta dell'appartamento.

Karl entrò in cucina, sbirciò nel patio buio e vide la grondaia ondulata che scompariva all'altezza del cubicolo odorando di fritto e spazzatura. Uscì in fretta sul davanzale. Cominciò a salire la grondaia.

Era vero che aveva tacche o rientranze per arrampicarsi con una certa facilità.

A casa di Roszy non c'era traccia dell'uomo che aveva passato la notte con lei. La polizia sarebbe lenta nell'assumere che ci fosse una terza persona nel dramma. E anche allora, se Horsmeyer avesse agito come tutti gli agenti della polizia segreta di Stato, nessuno tranne lui avrebbe saputo chi stavano cercando, e Karl Martin non avrebbe avuto alcun rapporto con la faccenda.

Tutto consisteva nel riuscire a fuggire, arrivando al tetto dell'edificio e da lì a quello immediato, evitando la ricerca degli agenti in divisa al comando dello sconsolato Horsmeyer...

Roszy si era sacrificata per salvarsi la vita. Sarebbe stato stupido e inutile restare lì, accanto al suo cadavere, a lasciarsi catturare. Non ha preso la sua decisione eroica per questo. Né poteva riportarlo in vita restando a morire inutilmente.

Ecco perché è fuggito. Per questo cercava la via della salvezza, di fronte a una situazione grottesca, allucinatoria. Lui, soldato tedesco, ufficiale del suo paese e amante soprattutto della Germania..., ha dovuto fuggire dalla polizia della sua patria, dai suoi stessi superiori, che dal sapere che era l'uomo che ha ucciso Horsmeyer e ha parlato in difesa della memoria e dello spirito di Rommel, sarebbe stato assassinato dalle SS

Intanto, d'altra parte, il tenente Karl Martin è stato incaricato dal generale Von Kelber di raggiungerlo a Mühlhausen e da lì partire per Berlino, capitale del Terzo Reich, minacciata dall'avanzata russa e quartier generale di tutti i capi e grandi gerarchi il regime.

Se qualcuno nell'immediato futuro si associasse, il prescelto Martin, all'ufficiale ribelle delle dottrine naziste, la sua vita non varrebbe nulla. E non sarebbe mai uscito vivo da Berlino.

Sebbene raggiunto il tetto, dopo quel susseguirsi di pensieri, Karl si chiese se ci fosse davvero la minima possibilità di lasciare Berlino viva, in qualsiasi circostanza, data la situazione attuale.

La risposta che ha avuto non potrebbe essere più desolante...

***

Il trasporto militare era un "Focke-Wolfe" che trasportava da Mühlhausen alla capitale della Germania il personale militare urgentemente richiesto dallo Stato Maggiore del Führer,

Una scorta di diversi caccia, "Stukas" e "Messerschmitt", scortò l'apparato di trasporto in previsione di qualsiasi attacco aereo alleato. Le incursioni in Germania erano ormai costanti e, sia sul fronte orientale che su quello occidentale, le truppe alleate anglo-americane e russe avanzavano in una morsa implacabile, minacciando di soffocare definitivamente l'orgogliosa fortezza hitleriana, crepata e vacillante sotto la valanga di fuoco, schegge , uomini e materiale provenienti da entrambi i fronti sulle insicure difese della Germania. La macchina da guerra creata da Hitler iniziò a stridere, arrugginita e rotta dall'impatto dell'avversario sulla sua massiccia struttura.

All'aeroporto di Berlino, irto di cannoni, batterie antiaeree e truppe sul campo di battaglia, aveva piovuto poco prima e le pozzanghere sull'asfalto davano l'impressione di qualcosa di triste e freddo, riflettendo il cielo grigio e nuvoloso sopra l'ex orgoglioso tedesco capitale. Tutt'intorno, i crateri delle bombe. E più lontano, i terribili, danteschi ceppi di strade che erano vanto urbano della Germania e che ora erano solo rovine, macerie, muri crollati; un mondo caotico, insomma, costantemente martellato da aeroplani, artiglieria pesante di ogni tipo, sotto un'inesorabile pioggia di distruzione.

Karl Martin si fermò per un momento sui gradini dell'aereo, alle spalle del generale von Kelber.

Diversi aerei stavano lasciando Berlino in quel momento in una direzione diametralmente opposta alla sua.

"Dove stanno andando?" chiese Von Kelber a un capitano della Luftwaffe.

"Non lo so, signore. Sono alti capi militari. Sembrano avere affari importanti altrove in Germania. E tutti lontani da Berlino", ha concluso con una certa ironia nel tono.

"Voi ratti codardi..." sibilò Von Kelber, apparentemente zoppicando da quando aveva subito una ferita da arma da fuoco al ginocchio destro durante la Battaglia di Francia. "Stanno iniziando ad abbandonare la nave...

Non ha aggiunto "affondamento". Ma Karl era sicuro che la pensasse così. E come lui, tutti gli altri. Evidentemente, molti "pezzi grossi" del nazismo, i boss roboanti e marziali che pronunciavano arringhe vibranti e infuocate progettate per mantenere il popolo tedesco stupido e febbrile, si stavano allontanando dal rogo al culmine del momento. Almeno, in questo senso, un uomo come Von Kelber meritava ogni sorta di rispetto, che veniva a Berlino nei momenti peggiori, con un ammirevole spirito militare e patriottico.

"Quanto sono vicini i russi, capitano?" Chiese il generale con un certo senso dell'umorismo, prima di salire sul lungo e scuro furgone blindato, una "Mercedes" con targa ufficiale che li aspettava fuori dall'aeroporto.

sì l'ufficiale della Luftwaffe, con un lieve cipiglio sulle labbra, si limitò a rispondere, evitando lo sguardo del generale:

"C'è una battuta che circola a Berlino, signor Al, che chiede: 'Dove sono già i russi?' Hanno fatto qualche passo in più... »

"Capisco. Hanno fretta, vero?" Von Kelber corrugò la fronte sotto i capelli bianchi. Sembrava molto più vecchio di quando aveva appena lasciato Mühlhausen. Era comprensibile. La visione della Berlino di oggi avrebbe invecchiato chiunque. Anche Karl sentiva uno strano peso alla bocca dello stomaco e una sensazione di bruciore in tutto il suo essere. Seguì silenziosamente il suo capo nella "Mercedes" nera che l'autista dell'Heichstag guidava attraverso la patetica e agghiacciante rete di morti, silenziosi , strade rotte di Berlino nell'aprile 1945 ...

Lì il rombo dei colpi di cannone era molto più teso, più struggente nel suo stesso silenzio, nella sua inospitale immobilità, quasi come un paesaggio lunare. Bandiere nere, croci con la svastica, simboli del nazismo che si rifiutava di essere schiacciato dall'artiglieria alleata di entrambi i fronti, sventolavano ancora su muri fatiscenti ed edifici crepati, privi di vicini.

Ma qualcosa stava morendo lì. Qualcosa stava morendo lentamente e inesorabilmente. Con una lentezza precursore di una fretta imminente, micidiale, implacabile. Sarebbe come la tragica "sprint" della morte di Berlino.

Gli occhi di Karl contemplavano l'aspetto fiero di Alexanderplatz, il recinto in rovina della Porta di Brandeburgo, l'alterità architettonica del "Reichsmark" o i grandi viali del centro urbano, attraverso un viaggio dantesco e terribile, in mezzo al silenzio della macerie, degli edifici demoliti, alcuni ancora fumanti. Un dolore infinito, straziante, il dolore dell'uomo che vede sprofondare il proprio paese a causa di chi ha voluto renderlo grande, ha raggiunto le profondità del suo essere.

"Povera Berlino", sussurrò. povera Berlino...

Il generale von Kelber si voltò a guardarlo con simpatia. Lui annuì:

«Sì, mio caro tenente. Povera Berlino... e poveri tutti noi se i russi non sono contenuti nell'Oder...

Dal modo in cui lo disse, Karl intuì che le speranze del generale al riguardo non erano esattamente grandi. Oltre i finestrini della Mercedes continuavano a sfilare rovine, desolazione, distruzione e caos.

«Eccolo» disse all'improvviso Von Kelber. La Cancelleria di Berlino, rifugio del grande dittatore tedesco, sede del Terzo Reich.

Non c'era più nulla di orgoglioso o imperterrito in questo edificio. Era rotto, lacerato da bombe e proiettili di artiglieria. Gli obici avevano fatto numerosi impatti sulle sue pareti e finestre, frantumando tutto, lasciando le sue pareti trasformate in setacci di pietra, buchi neri, scuri, come occhi di teschio.

Praticamente, la Cancelleria di Adolf Hitler e il suo Stato Maggiore... non esistevano.

"Cieli!" Carlo sussultò. E il Führer? Dov'è? Che cosa è successo lì?

Il generale von Kelber sospirò, intrecciando svogliatamente le mani sul ventre gonfio. Ha dichiarato, brevemente, non ottimista:

«Quello che è successo ovunque, tenente Martin. Affondiamo. Inevitabilmente affondiamo.

Squadre rigidamente formate attraversate dall'auto. Indossavano elmetti d'acciaio, fucili, mitraglieri e uniformi della milizia. Ma non erano uomini. Solo ragazzi. Sbalordito, Karl si rese conto che non ne avrebbe avuto nessuno oltre i quindici anni. Cantavano inni hitleriani, febbrili e fanatici, come se fosse una passeggiata domenicale o un gioco. Karl Martin rabbrividì, chiuse gli occhi sentendosi le labbra e la gola secca al pensiero della sorte di quei bambini, di fronte a un esercito potente e temibile come quello russo.

Non commentava per paura di esaltarsi, per paura di parlare troppo. Ma Von Kelber lo fece invece, scuotendo con tragico abbattimento il suo capo militare di carriera dai capelli grigi e nobile carriera, distogliendo lo sguardo dai gruppi della gioventù hitleriana, che si muovevano fiduciosi verso i ponti della città per proteggerla dall'inevitabile. .

"Mio Dio..." sussurrò Von Kelber. "Oh mio Dio siamo tutti pazzi...

* * *

La Cancelleria era praticamente deserta.

C'erano alcuni gruppi di soldati armati, alcuni pezzi di artiglieria e alcune pattuglie dotate di mitragliatrici che coprivano le strade circostanti e le rovine stesse della Cancelleria del Reich.

Von Kelber e il suo gruppetto di assistenti si recarono nei giardini della Cancelleria, dove una pattuglia di soldati con cuffiette, elmetti d'acciaio e mitragliatrice, li fermò e chiese le credenziali, riferendosi ad un ufficiale delle SS (guardia scelta del Führer, sotto la comando diretto di Heinrich Himmler), che a sua volta scomparve attraverso una misteriosa porta di metallo, situata in fondo a un muro crepato dalle bombe sganciate a valanga sul rifugio del capo supremo della Germania nazista.

Von Kelber attese, picchiettando con impazienza sul pavimento umido del giardino della Cancelleria, ora grigio e trascurato, punteggiato di macerie, schegge, polvere e stucco.

Quando l'ufficiale delle SS riapparve fece un duro saluto e diede un ordine ai soldati in servizio:

"Entra. Il Führer autorizza il tuo accesso al 'bunker'.

Il "bunker"...

Karl Martin ha cominciato a capire allora. Ha appreso del terribile, angosciante stato attuale del "Reichstag" nazista.

Sepolto vivo. Nascosti, accovacciati come topi nella metropolitana di Berlino. Il suo ultimo, il suo ultimo, patetico e sorprendente rifugio sotto le rovine della grande capitale tedesca. In un "bunker". In un seminterrato di sicurezza, un rifugio antiaereo a prova di bomba, artiglieria; al sicuro dai feroci e spietati martellamenti che si abbatterono su Berlino per mano degli eserciti sovietici.

Il suo odio si trasformò quasi in pietà, compassione per quei superuomini, ridotti alla deplorevole e angosciante condizione di profughi, vessati, patetici combattenti di un "sistema" che a tratti crollava, in un tragico olocausto, portato all'estremo dall'ostinazione di un pazzo che non si arrendeva, che non voleva arrendersi né ammettere la sua sconfitta, la sua tremenda sconfitta.

Non voleva compatirli, non voleva provare pena per coloro che erano colpevoli di cose come la morte del buon vecchio Ludwig Strauss, il birraio di Gottinga, che doveva essere morto moralmente molto prima di essere colpito dal proiettile del Gestapo, quando scoprì la fredda viltà di un figlio allevato da un sistema disumano, rigido e crudele. Di cose come la fine della sfortunata Roszy Polman, una brava ragazza il cui unico crimine era amare e desiderare di essere amata in un mondo che sembrava aver dimenticato le sue capacità affettive, lanciarsi in un desiderio convulso e sfrenato di odio e di morte .

Ma nonostante ciò, quando la porta del "bunker" del Führer si aprì davanti a loro come una rigida, terribile cortina di ferro che apriva le porte a un "oltre" allucinato e stantio, sotto il suolo di Berlino, ad alcune catacombe agghiaccianti e terrificanti da cui non si poteva uscirne vivi, Karl Martin si sentì di nuovo dispiaciuto. Dolore per tutti quegli uomini pallidi e nervosi, muti e cupi, che lo circondavano in una vera e propria congrega di volti spettrali, figure sfuggenti e insicure...

Poi le porte del rifugio del Führer e del suo staff si chiusero dietro von Kelber, Martin e gli altri del piccolo entourage, isolandoli, forse per sempre, dalla Berlino a cielo aperto, dal giardino grigio e abbandonato, dal mondo teso e sanguinante. . dall'esterno, che era come un incubo da un milione di tonnellate, schiacciando il bunker di Berlino segretamente destinato ad Adolf Hitler.

* * *

La fortezza sotterranea era indicibile.

Sarebbe stato necessario essere lì, a contemplare tutto, dalle sue porte metalliche ermetiche, blindate, alle stanze private di Hitler, Eva Braun, Goebbels e della loro famiglia; di camerieri, segretari, militari del proprio Stato Maggiore, cucine, servizi igienici, servizi igienici, uffici e locali di lavoro; alloggio per le truppe di guardia, telefoni, elettricità e acqua, kit di pronto soccorso e sala medica; scale che portano all'esterno, chiuse da nuove porte, un'uscita con scale, che porta anche al giardino della Cancelleria" e utilizzate da Von Kelber e Karl Martin all'ingresso del fantastico "bunker", composto da due piani o piani , e un'autentica fortezza sotterranea, la suprema fortezza di Hitler di fronte al nemico che si avvicinava a Berlino, cuore della Germania nazista, sull'orlo del crollo definitivo.

In quel mondo interiore sorprendente e sbalorditivo creato dal genio lungimirante del Führer per una situazione disperata come quella, Karl sapeva che sarebbe entrato e non se ne sarebbe mai andato finché tutto non fosse finito. In un modo o nell'altro ...

Era come entrare in una città favolosa, un mitico mondo sepolto dal quale ogni contatto con la superficie sarebbe stato brutalmente eliminato non appena i russi avessero raggiunto le porte di Berlino. Cosa che, praticamente, stava già accadendo.

Qualcosa che, giorni dopo, quando Karl Martin si era già adattato alla angosciante, un po' densa vita interiore del "Führer-bunker" berlinese, si è confermato con personaggi davvero tragici e inappellabili. ..

***

Il 16 aprile era stata una brutta giornata per il Führer e il suo staff, rinchiusi nella tomba vivente nel 'bunker'. Fu allora che la grande offensiva sovietica nell'Oder divenne nota, con la Diciannovesima Armata tedesca che resisteva disperatamente, mentre il fronte di Neisse stava crollando, quando la Seconda e la Quarta Armata sovietica fecero breccia con un attacco massiccio davvero impressionante.

Era il 16 anche il giorno della proclamazione di Hitler, redatta insieme a Goebbels.

Quarantotto ore dopo quella vibrante e incoraggiante iniezione della penna di Hitler, tutto stava crollando.

Un nuovo attacco russo all'Oder squarciò la Nona Armata tedesca, respingendola e aprendo clamorose lacune nei suoi ranghi. E contrariamente a quanto ipotizzato da Hitler, i sovietici non andarono all'offensiva su Praga ...

"Stanno arrivando a Berlino!

La notizia si è diffusa a macchia d'olio nel dedalo di corridoi, stanze e alloggi del «Führer-bunker». Un ingenuo ha chiesto:

Chi viene a Berlino?

"I russi, stupidi!" Rispose un ufficiale, un veterano della "Wehrmacht", con un'espressione arrabbiata". Il Führer ha espresso la sua teoria che avrebbero attaccato Praga. Ora sappiamo che si sbagliava, Stanno venendo qui...

Ancora meno incoraggianti le ultime notizie giunte al bunker:

«Travolte dalla Quarta Armata tedesca, situata nelle retrovie della Nona Armata, le truppe di Zukhov avanzano verso Berlino da Nord, cercando di collegarsi con le colonne corazzate del Maresciallo Konjev, che si muove a Sud, verso Berlino, incontrandosi praticamente senza resistenza un po'..."

Attraversando l'Elba, le truppe americane si muovono rapidamente attraverso la Germania, cercando di unirsi alle forze sovietiche. Göttingen, Auschwitz e Buchenwald e Jenna, sono già cadute in mano agli angloamericani nei giorni precedenti, dopo l'eroica resistenza dei loro difensori. "

"E questo accade due giorni prima del compleanno di" mein "Führer..." è stato il triste, cupo commento del generale Von Kelber, quando ha appreso la brutta notizia.

Karl lo guardò allontanarsi verso gli alloggi dei comandanti militari riuniti nel 'bunker', senza aggiungere un'altra parola al suo commento sull'imminente data dell'anniversario di Hitler, che non poteva essere circondato da presagi più cupi e tristi,

Karl Martin fece qualche passo, le mani dietro la schiena, accigliato. Non aveva ancora visto personalmente il Führer. Si è chiuso nei suoi alloggi, vicino a quelli della sua fedele compagna e assistente Eva Braun. Là fuori erano loro, gli ufficiali ei capi, che vivevano i momenti tesi, agitati, irritanti del caos tedesco.

Karl non aveva nemmeno molti contatti con i capi. Altri ufficiali, dediti come lui al compito di scrivere parti, collegamenti telefonici e radio con il mondo esterno, controllo della vita interna del "bunker" e altre occupazioni essenziali in una piccola città sotterranea completamente isolata dall'esterno, erano coloro che conviveva Direttamente e costantemente con Karl, così come i servizi domestici del 'bunker', dipendenti dagli ordini degli ufficiali di turno per le questioni minori.

Il tenente Karl Martin, infatti, era in servizio il 18, nel primo pomeriggio, quando dalla stazione radiofonica del bunker piovvero notizie pessimistiche dal fronte. Poi si è aperta la porta ermetica di accesso ai sottopassaggi, forse per accogliere per l'ultima volta qualcuno all'interno, già isolato in modo quasi assoluto.

"Quattro ufficiali delle SS e tre nuovi servi stanno arrivando per le camere dei capi e dei luogotenenti del Führer", lo informò il colonnello Fritz Wolkse, incaricato di controllare tutti i servizi interni e secondari del "bunker".

«Ebbene, signore», convenne Karl, con un duro saluto. Mi occuperò io di ospitarli e che tutto sia in ordine dopo che saranno entrati nel bunker.

"Sì, tenente, si occupi di tutto questo" chiese il colonnello con un sospiro. Ho troppe altre cose di cui occuparmi.

Karl annuì, con un altro saluto. Quella sera si assistette così all'ingresso nel rifugio sotterraneo di sette persone. Quattro ufficiali delle SS, due dei quali feriti da schegge, sono andati in infermeria. E tre servi, di cui uno maschio e due femmine. Erano destinati al servizio dei camerieri, dei padroni, al piano inferiore del "bunker", destinati al Führer e ai suoi servi più diretti.

Karl ha preso la parola alle sette, controllando prima i suoi documenti. non potevoiocorri ancora dei rischi lì dentro. Tutti coloro che entravano nel "bunker" dovevano essere di comprovata lealtà al Terzo Reich. Karl pensò, con amara ironia, che se avessero saputo chi era Karl Martin, se avessero immaginato che questo giovane ufficiale avesse sparato a un agente della Gestapo e difeso la memoria di Erwin Rommel, accusando Hitler della sua morte, non sarebbero proprio lì adesso...

Era il turno dei tre servi. Passò rapidamente attraverso il rotolo:
Horst Frübeck, Hilde Stragg... ed Erika..., Erika Polman.

Ripeté, in un sussurro:

""Erika Polman..."

Alzò gli occhi, guardandolo in modo strano. Uno degli ufficiali delle SS, dei due illesi, si voltò anche lui, incuriosito dalla sua intonazione.

"Sì, lo sono, tenente" rispose seccamente. C'è qualcosa che non va con le mie credenziali?

"No, no", negò Karl esitante. Si alzò solennemente, ritrovando la sua serenità "Tutto è in ordine. Vai avanti. Chiudi le porte di accesso!

Il guardiani armato a partire dal il corridoi esterni mettono in funzione il sistema idraulico che chiudeva ermeticamente gli ingressi e le uscite del «bunker». Il rombo dell'artiglieria e dei bombardamenti, come una cintura intorno a Berlino, li raggiungeva più chiaramente nei momenti in cui l'accesso al rifugio sotterraneo rimaneva aperto.

Erika Polman stava raccogliendo i suoi documenti, ma non poteva evitare di lanciare un'occhiata curiosa a Karl. La guardò a sua volta. Lei sorrise. Era bionda, alta e ben fatta. I suoi occhi erano un po' più scuri di Roszy. E più distinzione nella sua aria.

"Ci conosciamo, tenente?" Ha chiesto.

"Non credo," negò Karl. Ero solo... sorpreso dal suo nome.

"Perché?

"Una volta mi hanno parlato di un'Erika Polman che viveva a Berlino.

"Sì? Chi gli ha parlato?

"Un'altra donna" sorrise Karl, alzando le spalle. "Immagino che non sia la stessa. Sarebbe troppo... una coincidenza.

«Il mondo è pieno di coincidenze, tenente. Soprattutto durante una guerra. Hai mai sentito parlare di quel padre che, in trincea, avanzando a baionetta sul nemico, si trovò faccia a faccia con suo figlio, nato in un altro paese e soldato degli opposti?

"Sì, ho sentito." Carlo sorrise. "L'Erika Polman di cui mi avevano parlato... abitava in Friedrichstrasse a Berlino.

Erika rabbrividì impercettibilmente.

"Ho vissuto in Friedrichstrasse... fino a quando le bombe inglesi hanno affondato l'edificio," disse conciso, con il labbro inferiore che gli tremava.

"Cieli...

"Chi le ha parlato di me, tenente? Quella donna, forse...?

"Rossi.

"Ya" Erika inclinò la testa. Poi la sollevò, con gli occhi freddi, e dichiarò con tono gelido: "Deve averla incontrata a Gottinga, vero?

"Sì.

«Come tutti i soldati la conoscevano, no?

"Beh, io..." Karl sbatté le palpebre, spiacevolmente sorpreso. La serena bellezza di Erika era turbata da un'aria di durezza, persino di disprezzo". Sì, quindi si può dire. Ma è dura per lei...

"È la verità. Era sempre poco, scrupoloso.

sì la guerra ha fatto il resto.

«Ha parlato molto bene di te, Erika.

"Stava solo facendo quello che doveva. Sono sempre stata molto diversa da lei, non giudicarmi come Roszy.

"Non l'ho ancora provata. Ma io inizio a farlo e tu perdi nel confronto.

"Non lo direi se sapessi che Roszy è morta... dopo aver ferito a morte un agente della Polizia Segreta di Stato", riferì duramente Erika. "Dio sa quali sporchi affari farebbe il mio cuginetto!

Carlo era sorpreso. Ora usava quella sorpresa per dare un finto tono di rammarico e stupore. la sua voce:

"Roszy morto! Non è possibile!... Quando ho lasciato Gottinga... ero pieno di vita.

«Be', non esiste più, tenente. E il mondo non ha perso nulla con esso ", ha dichiarato Erika Polman, il timbro della sua voce congelato.

Superò Karl, camminando con il resto del servizio nel bunker. Si appoggiò al muro, chiedendosi come Erika potesse parlare del suo cugino morto in quel modo.

"Ancora sorpreso, tenente? -" chiese una voce sommessa accanto a lui...

Alzò la testa. L'ufficiale delle SS era accanto a lui. Marziale, stretto, arrogante e freddo. Una striscia bionda gli attraversò l'ampia fronte. Aveva dei verdi glaciali che fissavano molto intensamente, e la sua bocca era carnosa, ferma, con un rictus contorto, che metteva in risalto la durezza degli angoli del viso nelle sue mascelle. Era giovane.

"Sì, sono sorpreso", ha confessato Karl ", è una bella coincidenza incontrare due donne imparentate tra loro, senza cercarle. Ed è terribile sapere che una di loro è morta... apparentemente commettendo un tradimento del suo paese.

«Ti capisco, tenente. Permettimi di presentarmi. Sono il tenente Helmut Wagner, delle SS. Anche se lo sai già, dall'appello. E tu?

«Tenente Karl Martin... della divisione 'Panzer Twenty-One'.

"" Panzer "Divisione?" L'interlocutore inarcò le sopracciglia dorate. "Fedele a Rommel, tenente?

«Lo siamo sempre stati tutti, tenente Wagner. Fedele a Rommel, alla Germania, al 'Führer. Come te.

"In un certo senso, come me. Ma non ho mai ammirato il suo quarterback, Martin. E non offenderti.

"Perché dovrei offendermi?" Karl dominò la sua irritazione. Lo faresti, se dicessi che non ho mai ammirato Himmler?

Quello delle SS ha accusato l'ironia del golpe. Si raddrizzò, severo, guardandolo con manifesta freddezza. Karl si accorse che stava facendo un grande sforzo per trattenersi e continuare il discorso amichevolmente,

«Non è la stessa cosa, tenente Martin.

"Perché no, tenente Wagner?" Karl sorrise con forza.

"Beh, non discutiamone", sospirò Wagner. Ricorda solo che Rommel è morto... e che Heinrich Himmler è ancora vivo, ed è anche un uomo fidato del nostro Führer, tenente. Non è lo stesso, vero?

Si inchinò senza perdere la rigidità, diede un marziale schiocco dei talloni e si allontanò, voltandosi di scatto e salutando:

«È stato un piacere conoscerla, tenente Martin.

Spero che siamo buoni amici... "Heil Hitler!"

"'Heil Hitler!'" rispose Karl, senza convinzione, e non credendo a una sola parola dell'ultima pronunciata dall'ufficiale delle SS Helmut Wagner.

No, non pensava che lui e Wagner fossero molto amici. Questo era il tipico militare delle SS, addestrato alla scuola oscura e sinistra di Himmler e al nazismo intollerante.

Ovviamente, non poteva aspettarsi nient'altro lì dentro. Era il nido dei grandi uccelli, dei lealisti al Reich, dei fanatici e dei convinti. Non si trattava solo di Wagner e altri come lui. Erika Polman era un esempio vivente del tipo di compatrioti lì. Non poteva chiedere equanimità, o comprensione, o tiepidezza. Tutto era caldo e freddo allo stesso tempo. Fanatismo ardente, rigidità glaciale. Il fantasma nazista in quel "bunker" era qualcosa di più di un fantasma: era la realtà, la cricca chiusa, tenace, incrollabile dei fedeli a un'idea che crollava drammaticamente là fuori, tra rovine, trincee rotte e campi pieni di cadaveri. .

Lentamente, anche Karl Martin tornò all'interno del "bunker" sentendo sopra la testa i deboli, ma sempre più intensi brividi con il passare delle ore e dei giorni, provenienti dal suolo berlinese.

"Stiamo ancora vivendo", sussurrò Karl.

4

Era la prima volta che lo vedeva di persona.

Era il suo compleanno. E il Führer riunì nel "bunker" tutti gli alti capi militari che resistettero a Berlino alle vessazioni dell'artiglieria e dell'aviazione russe.

Il 20 aprile 1945, l'uomo supremo del Terzo Reich celebrò la sua festa di compleanno. Karl Martin non l'ha mai visto prima d'ora.

Quando il suo sguardo cadde su Hitler nella spaziosa sala delle mappe, gran parte dell'istintiva animosità di Karl verso il suo Führer si placò improvvisamente.

Cominciò a sentire qualcosa di diverso. Forse è stato un peccato...

Peccato per quell'uomo, quel titano impazzito, sempre orgoglioso, sempre superiore e ingrandito dai concetti stessi dei suoi discorsi vibranti e infuocati. È così che le ha ricordato.

Ora, vedendo quell'uomo rattrappito, titubante, con i capelli brizzolati, il viso smunto, gli occhi irritati, uno dei quali aveva un tic nervoso sulla palpebra, e che camminava barcollando, trascinando il piede sinistro mentre camminava, Karl cominciò a provare una profonda compassione per lui . Era come assistere all'agonia lenta e dolorosa di un essere umano che, con tutte le sue colpe, era ormai schiacciato sotto il peso di responsabilità terribili, affondato dall'impatto di una sconfitta che amareggiava la sua vita, già misera e smunta.

Questo era lo stesso Adolf Hitler che il mondo arrivò a temere e ad odiare, fin dai tempi dell'invasione della Polonia, nel 1939. Questo era il superuomo, inverosimilmente annientato dal nervosismo, dalla tensione, dalla mancanza di sonno naturale, dall'azione dei sedativi. Ipnotica, la cupa delusione per le notizie dal fronte e il suo attuale isolamento forzato in quel rifugio sotterraneo sotto le mura screpolate della Cancelleria.

"Felici cinquantasei anni", mein "Führer" Karl udì parlare Hermann Goering, capo della "Luftwaffe" e maresciallo del Reich.

La risposta di Hitler si perse nel mormorio delle voci dei vertici del Reich, raccolti attorno alla personalità ancora magnetica del Führer.

Karl si allontanò dal Tavolo appositamente destinato ai leader anziani, Hitler ed Eva Braun. Il caffè e lo champagne cominciarono a scorrere. La cena era finita e. Sebbene tutto sembrasse luminoso in quella stanza e tutte le stanze del "bunker" stessero festeggiando la festa versando chiassosamente liquori e cibo nella data solenne, c'era qualcosa di spaventoso, di soffocante, in quegli uomini e quelle donne dai volti smunti, dagli occhi preoccupati e arrossati. , di gesti nervosi e irrequieti.

Karl lasciò la stanza delle mappe, lasciandosi alle spalle il trambusto artificioso del Führer e la sua cricca personale diretta. Le guardie delle SS scortarono Hitler, anche in mezzo ai suoi scagnozzi. Karl scoprì Helmut Wagner tra quella guardia, rigida e inflessibile, di guardia alla porta della stanza.

"Buona giornata, tenente Martin" gli augurò, mentre passava. Avete già brindato alla salute e al trionfo finale del nostro Führer?

Sembrava contenere un'ironia nascosta che a Karl non piaceva. Lanciò un'occhiata al compagno d'armi e rispose bruscamente:

"Sio, già fatto. E ora continueròendolo. bevendo champagneña, si arriva persino a dimenticare dodove si trovaper e immagina anche che quei boom laggiùper fuori non sono cañOnazos russi, ma fuochi d'artificio in onore della Foora...

Se ne andò senza aggiungere altro. Con scherno, Wagner, lo congedò:

"Divertiti, tenente Martin! Le ragazze di servizio sono molto allegre e generose stasera. Farai una festa con loro, vedrai... Ma risparmiami un po' per quando tra un'ora lascerò questa posizione e ti incontrerò.

Karl non ha più risposto. Ma quando arrivò nelle stanze di servizio, scoprì che Wagner aveva ragione. Le ragazze che prestavano servizio come cameriere e altri servizi ausiliari, domestici o ufficiali, all'interno del bunker, quella notte erano piuttosto cambiate, lo champagne, la gioia fittizia della festa, e forse un po' di rilassamento nella solita tensione, avevano provocato il miracolo . Tutti ridevano, cantavano o esibivano le loro canzoni fisiche, saltando sui tavoli e poi gettandosi tra le braccia di ufficiali e funzionari del "bunker".

Senza rendersi conto di cosa stava succedendo, Karl si imbatté in una di quelle donne.

"Buonasera, bel tenente!" Gridò la donna, nella quale riconobbe l'opulenta rossa Hilde Stragg, la domestica della Cancelleria che entrò nel bunker lo stesso giorno del tenente Wagner ed Erika Polman.

"Basta, basta!" protestò Karl, spingendola via come meglio poteva e lasciandola tra le braccia di un altro ufficiale, che l'accolse volentieri.

Il tenente si alzò, spazzando via la polvere e le macchie di champagne che Hilde gli aveva rovesciato addosso, e si guardò intorno l'orgia febbrile di uomini e donne nel bunker.

Non vedeva da nessuna parte che stesse guardando, Erika Polman.

Erika doveva essere stata assente dal locale, forse perché non le piaceva quel tipo di festa o, forse, perché qualche lavoro di servizio glielo impediva. Karl non conosceva il motivo specifico per cui cercava così insistentemente Erika: forse perché il cugino di Roszy si era comportato in modo strano e violento quando si trattava di Roszy, il che non era giustificato, per quanto poco amiche fossero state le due donne. , dopo la drammatica morte di Roszy Polman a Gottinga.

Ha girato varie stanze in cui lo champagne scorreva generoso, si cantavano marce militari o canzoni malinconiche che parlavano di pace, amore e tempi felici. Si sarebbe detto che visitasse gli uffici di una Cancelleria in tempi normali e vittoriosi, senza il pericolo latente di bombe e granate russe sulla città, senza la devastante notizia di un crollo tedesco su tutti i fronti e di avvicinamenti alla capitale un tempo superba . del Reich...

Era falso, sì. Ma a volte l'atmosfera falsa poteva essere imitata incredibilmente bene. Come adesso.

All'improvviso, la trovò.

Si fermò sulla soglia della porta che conduceva alle sale server. Erika alzò la testa. Aveva ancora il bicchiere di champagne in mano. Il liquido dorato ribolliva nel contenitore, apparentemente intatto. Lo guardò: al di sopra del livello limpido del liquido schiumoso.

"Dove ha lasciato il bicchiere, tenente?" chiese lei, un po' imbronciata.

"Non ne indosso, Erika-" rispose Karl.

"Perché? Nessun bambino?

"A volte. È solo che non mi piace molto lo champagne. E sono quasi contento. Là fuori le persone stanno perdendo anche la nozione di decenza e dignità.

"¿Che cosae bevi regolarmente? ¿Te? Ci sono alcuni titoli per "mein" Führer. È scarso, ma non credo che mi spareranno se gli verso una tazza...

""No grazie. Nemmeno io voglio il tè. Se hai una birra...

"Birra... Oh certo. C'è quello che vuoi. Ecco le lattine, scegli le bottiglie, tenente. Ma dovresti bere champagne. È un appuntamento da festeggiare,

"Credi?" Disse Karl seccamente, prendendo una bottiglia che aprì con violenza sul bordo di un tavolo di metallo attaccato al muro. Ha bevuto.

"È il compleanno del Führer!" Lei lo guardò con alterigia. "Non vale la pena festeggiare?

"Gli chiederei. È possibile che ti abbia dato una risposta più specifica,

"Stai festeggiando, vero?" Erika bevve un sorso di champagne. Non si è mosso dalla sua sedia, sul bordo del letto che lei occupava negli alloggi di servizio". Questo è ciò che conta. Prendila come la risposta di Hitler.

"Questa festa mi ricorda quelle che si celebrano dopo i funerali, come regalo ai partecipanti. Qui tutto profuma di funerale, Erika. da morto...

"Morte!"lei rabbrividìo. I suoi occhi, guardandolo, erano grandi, blu scuro, quasi indaco. Karl avrebbe giurato che riflettessero la paura. "Di cosa sta parlando, tenente? Chi morirà?

"Tutti.

"Tutti!

"Tutti, Erika" Karl avanzò lentamente. I suoi stivali di vernice, lucidi in quella vacanza nel "bunker", scricchiolarono mentre si muoveva per la stanza. "Siamo tutti morti."

"Sta 'zitto!" Il bicchiere le tremò in mano e versò champagne sulle calze di seta, che erano nude fino alle ginocchia.

" Non importa se sto zitto o no. Sai cos'è questo. Stiamo vivendo una mascherata, un tragico sforzo per restare vivi. Ma questo molto..."Ha sottolineato i soffitti in cemento grigio freddo, le luci blu fredde e crude, le pareti nude, lo stile rigido e funzionale dei mobili essenziali, la semplicità spartana di tutto ciò che li circondava", proprio questa cosa, Erika, è come una tomba . Viviamo in nicchie, in un mondo da incubo, odorando di tomba, di cimitero, di bara che sta per chiudersi finalmente su di noi.

"Oh no, no!" Lei gemette. stavo per bere; Improvvisamente sembrò ripensarci e lanciò il bicchiere a Karl, urlando, rotto ": Continua a digerire i tuoi dannati pessimismi, ma non instillarli negli altri! Ci riusciremo! Trionferemo insieme al Führer!

Si precipitò fuori dalla stanza mentre il vetro si frantumava ai piedi di Karl, che non si muoveva affatto. La ragazza scomparve lungo il corridoio, verso il luogo in cui si stava svolgendo la rumorosa festa degli ufficiali nazisti.

Karl se n'è andatoo cadere lentamente in un posto ugualmente soddisfattoperlico. Con lo sguardo perso nell'aria, continuòo bevendo brevi sorsi di birra e mormorò, molto lentamente, come se esponesse silenziosamente i propri pensieri:

"Morti... siamo tutti morti, e nelle nostre tombe...

sì Come teIn grottesco contrasto con la sua lenta affermazione vennero le risate acute, il tintinnio dei bicchieri, i canti e le grida delle stanze vicine, alle quali anche lui tornò molto lentamente, tra l'indifferente e lo stanco. Stanco di molte cose; come la maggior parte degli esseri radunati lì, nel sottosuolo di Berlino...

* * *

Berlino può essere completamente circondata in poche ore, 'mein' Führer. Perché non lasciare la Cancelleria e stabilirsi a Berchtesgaden, per continuare a guidare la Germania?

"Non lascerò mai Berlino. Quello che dici è assurdo! "Il Führer ha risposto ai suoi generali Keitel, Krebs, Jodl e altri, tra cui Von Kelber." I russi porteranno la più sanguinosa delle sconfitte davanti alle inespugnabili porte di Berlino, poi travolgeremo gli Alleati in mare...

La certezza di Hitler della sua fantastica affermazione ha affascinato tutti. Nonostante fossero veterani militari, che conoscevano l'inevitabile caos a cui erano già condannati, per alcuni istanti il magnetismo sovrumano del dittatore della Germania si fece sentire su di loro e li travolse. Come se potesse davvero succedere. Solo Hermann Goering si permise di dubitarne e insistette che Hitler fosse assente da Berlino. Il Führer rispose furiosamente.

Prima della fine della notte del compleanno di Adolf Hitler, Goering partì con la sua "Mercedes" corazzata per la Baviera, seguito da una grande scorta e veicoli in cui trasportava il suo enorme tesoro. Non si sarebbe salvato, ma questo gli era ancora sconosciuto, quando fuggì, come un altro topo che lasciava la nave che stava per affondare...

"Nel peggiore dei casi, se dovesse accadere", disse più tardi Hitler, "ha nominato Doenitz comandante in capo della zona nord e il maresciallo Kesseling per la zona sud. Quindi, se la Germania si divide in due zone, ci sarà leadership in entrambi... resterò dove voglio.

"Sì, 'mein' Führer", ha detto Goebbels con entusiasmo, che ha sostenuto la sua posizione inattaccabile di continuare nella capitale del Reich fino alla fine.

Le conversazioni furono interrotte quando qualcosa russava rumorosamente sopra il "bunker" e, vicinissimo, sopra le loro teste, cominciarono a risuonare enormi boati che facevano oscillare le luci del rifugio e destavano preoccupazione e timore tra i presenti alla patetica festa di anniversario dal 'Fürhrerbunker'...

“Bombe... bombe russe su Berlino. L'aviazione rossa è già alle porte stesse della città "disse Von Kelber con voce roca, fissando il soffitto di cemento con un'espressione di tensione" Mio Dio, credo che la fine si stia avvicinando...

Ma che Hitler non ha sentito. Se l'avesse sentito, non l'avrebbe ammesso neanche lui. Per lui la vittoria era ancora tedesca. Anche Karl Martin, quando ha sentito due ufficiali mezzo ubriachi commentare questo, non ha avuto altra scelta che ammirare Hitler. A suo giudizio, un uomo capace di pensare così in tali circostanze era degno di ammirazione.

Per tutto il tempo, l'aviazione russa ha continuato a schiacciare Berlino. I tifosi rossi, di fuoco violento, balzavano per le sue strade. Nuove macerie si stavano accumulando, tra un acro fumoso, entrai nella polvere che annebbiava la notte dal 20 al 21 aprile 1945...

Sotto quel marciapiede, anche alcuni uomini tremavano. Con poche speranze, senza fiducia in niente e nessuno...

***

Erika posò il suo nuovo bicchiere di champagne. Non gli piaceva bere. Non voleva ubriacarsi come quelle segretarie, cameriere e servi del "bunker" che ora rotolavano per terra, ubriache, canticchiando e lasciandosi abbracciare da ufficiali ubriachi come loro.

Si ritirò lentamente dallo spettacolo. Si diceva che Pompei dovesse avere questo aspetto citando la lava del vulcano che la investì, in punizione per i suoi peccati. Rabbrividì, respingendo l'idea.

"Non devo giudicarli tutti", mormorò. Non dobbiamo giudicare nessuno per le loro azioni in questo momento. Sono pazzi, impazziscono tutti, in un posto come questo, con il nemico fuori... No, non si possono biasimare per questo.

"Solo e annoiato in una notte come questa, mia cara Erika?

Alzò la testa. Fissò il tenente Helmut Wagner, delle SS. Anche lui sembrava sereno, nonostante portasse in mano un bicchiere pieno di champagne.

"Non mi piace bere, tenente", rispose lei, sorridendo.

"Oh, questo non può essere ammesso. Neanche a me piace, ma bevo. È... è una data fissata, vero?

"Se lo è. Anche qui è una giornata straordinaria. Ma non tutti la festeggiano allo stesso modo.

Sei una di quelle donne introverse che parlano da sole e si allontanano dai rumori mondani?

"Non proprio. Ma ci sono momenti in cui ci piace riflettere, meditare...

"Non riflettere. È una brutta cosa in questo momento. È meglio vivere. Vivi e dimentica il resto. Qualunque cosa accada.

"Anche se... siamo tutti morti?

"Eh?" Wagner sussultò. Cosa ha detto?

"Ignorami" sospirò. "È una cosa che ho sentito dire da qualcuno stasera. Non è una frase fortunata, tenente. La lasci perdere,

"È dimenticato. Beviamo qualcosa?

"No grazie.

"Dai, Erika, devi bere con me," sorrise Wagner, scolando d'un fiato il suo bicchiere di champagne. "Sono fuori servizio solo da venti minuti, e ho appena iniziato a divertirmi. Non voglio andare avanti da sola. Le altre ragazze... beh, sembrano molto impegnate con i loro partner. Io . .. Non ho un partner E tu sei la donna più bella e interessante del bunker.

«Grazie per il complimento, tenente. Ma continuo a declinare il suo invito. Io non bevo.

"Allora balliamo?

Erika esitò. Lanciò un'occhiata all'ufficiale delle SS, controllando ancora una volta che fosse calmo, e scrollò le spalle, non molto entusiasta.

"Bene," mormorò. Penso di non poter rifiutare... Andiamo lì.

"Bravo! Ci divertiremo, Erika. Alla fine vedrai come ci divertiremo...

La prese per un braccio e la condusse dove si trovava il pick-up. Ha messo su un disco di danza. Cominciarono a ballare, senza curarsi di cosa stessero facendo le altre coppie.

* * *

Un altro album ha sostituito il precedente sul piatto. L'ago è atterrato sui solchi. La musica invadeva tutto, soffocando il rombo delle bombe all'esterno.

"Oh no, basta così..." chiese Erika.

"Ehi, se iniziamo a divertirci adesso!" Wagner protestò allegramente.

sì Prendendo un long drink da una bottiglia di champagne, ha preso la fatigada Erika, che ha lottato, resistendo per continuare la danza.

"Abbiamo più di venti balli di fila!" Lei ha obiettato. non ballerò più. D'altronde tra ballare e ballare si beve terribilmente. Non può più alzarsi in piedi, tenente.

"Ehi, non offendermi!" Wagner infuriava, singhiozzando. "Posso ballare ancora altri venti pezzi, mia cara!

"Ma io, no" tagliò corto, risolutamente, spingendolo, "Il ballo è finito, tenente. Cerca altre ragazze. Ce ne sono alcune che potranno ancora stare tra le sue braccia...

"No, no!" Protestò, eccitandosi. Inciampò verso di lei. "Non ne voglio altri! Ti amo, Erika, tesoro!

"Comincia ad andare oltre i limiti della correzione", ha avvertito freddamente Erika Polman. "Vattene, tenente Wagner. Io non ballo più.

Alzò la puntina del giradischi. Il pezzo di danza si fermò. Rapidamente, Wagner venne da lei e strappò il disco dal piatto in uno scoppio di rabbia.

"Ballerai con me, tesoro, che ti piaccia o no!" ululato"; E senza musica!

Il disco si è schiantato contro il muro di cemento. I frammenti saltarono violentemente, sul punto di ferirlo. Erika, a passi veloci, tentò di andarsene. Non poteva farlo. Wagner le cinse la vita con un braccio e le mise l'altra mano sul torso, premendola contro la sua camicia fino a graffiarla, quasi strappandola con le dita serrate.

"No, no," borbottò. Non ti muovi da qui, tesoro. Venire; il tuo amico Helmut ti mostrerà che stasera possiamo divertirci... divertiti un sacco!

"Lasciami andare! Lasciami andare! "Ha urlato.

Ufficiali ubriachi e ragazze assonnate hanno riso alla scena. Li divertiva. Ha combattuto sapendo che nessuno l'avrebbe tirata fuori dagli artigli di Wagner, trasformata in una bestia lasciva, la sua mente offuscata dall'alcol.

"Mi piaci bella; mi sei sempre piaciuta... Vieni a darmi un bacio. Lascia che il tuo giurato Helmut ti ami...

Improvvisamente, la ripugnante ilarità delle altre coppie si ruppe. Una voce, dura e fredda come il filo di una baionetta, avvertì dietro Helmut Wagner:

Lasciala andare, codardo. Mi hai sentito? Rilasci quella donna, tenente Wagner!

5

L'ha rilasciata.

Si voltò, non appena la lasciò andare, alcuni dei vapori alcolici che gli annebbiavano la mente si dissolsero improvvisamente, trasformando il freddo ufficiale delle SS in una bestia primitiva, guidata dall'istinto,

Erika, sorpresa, ancora ansimante, si coprì come poté, con brandelli della sua camicetta strappata, il petto che faceva capolino da sotto gli strappi delle sue belle mutande. Guardò, sorpresa e speranzosa, la figura ferma e retta di Karl Martin, ora in piedi davanti al disgustato Helmut Wagner.

L'ufficiale delle SS, arruffati i capelli biondi e lisci, parlò, quasi addentando le parole, secco e secco:

"Stai fuori da tutto questo, Martin! Non ho chiesto il tuo intervento!

"Ma Miss Polman, sì," disse piano. Stava chiedendo aiuto.

"Bugia! Dipende da noi due. Lei... lei era molto contenta della situazione, lo sai. Ma alle donne piace fingere di essere perbene, Martin.

"Codardo, bugiardo!" sibilò Erika. Mi fai schifo, Wagner!

«Dispiace anche a me, Wagner», disse Karl aspramente, senza distogliere lo sguardo da Helmut Wagner. "Mi dai un disgusto invincibile. Con ragazzi come te in posizioni di fiducia è quello che il nazismo si è scavato la fossa... Maiale!

Wagner all'improvviso prese la sua pistola, cominciando a estrarla. Carlo ha agito in fretta. Allungò una gamba, raggiungendo la mano armata con un calcio dello stivale duro. La "Luger" dell'ufficiale delle SS scappò violentemente, rimbalzando seccamente sul pavimento di cemento.

In seguito, Karl divenne una specie di vortice preciso e matematico i cui pugni entrarono rapidamente in azione contro Wagner. L'ufficiale delle SS ricevette due colpi secchi allo stomaco e, prima che potesse

53

attaccare il proprio pugno al mento di Karl, ricevette un altro colpo di piede sinistro, questa volta al fegato.

Karl barcollò mentre riceveva il diretto dalle nocche dure di Wagner, mentre Wagner tossiva, livido, dopo il colpo di piede sinistro al fegato. Rapidamente, l'ufficiale delle SS ha agito su Karl che si stava riprendendo dal suo dolore al fegato.

Afferrò una bottiglia di champagne e la ruppe sul bordo di un tavolo di metallo, mentre Game si muoveva con tutte le sue energie in azione, in linea retta sopra Karl.

"Attento!" avvertì Erika, sconvolta. Lo ucciderà, Martin! ...

Martin lo guardò arrivare, riprendendosi dal suo momentaneo stordimento, mentre la mano destra di Wagner brandiva l'arma spaventosa che era la bottiglia scheggiata, peggio di un mucchio di coltelli affilati, puntati mortalmente alla gola di Karl.

La morte si rifletteva negli occhi vitrei e iniettati dell'agente Helmut Wagner mentre si precipitava su Karl, brandendo la temibile bottiglia scheggiata che poteva tagliargli il collo in una frazione di secondo. Il vetro tagliente e tagliente sibilò minaccioso nell'aria, rovinando il colpo di frazioni di millimetro. Karl sperimentò il tocco ravvicinato e mortale, e un brivido gli salì lungo la spina dorsale fino a che non si posò sulla nuca.

Ma non è rimasto fermo. Sapeva che il minimo fallimento nelle sue azioni significava la fine prima dei militari inferociti, ciechi e ubriachi delle SS naziste: Inoltre, tuttavia, sarebbe stata la sua fine finale aspettare il nuovo colpo. Non si ha sempre la stessa fortuna in un momento come questo, pensò mentre Wagner si riprendeva dal tentativo fallito e si girava sui talloni per farsi un altro taglio alla gola.

Questa volta Karl è stato efficace, preciso e persino brutale. Doveva esserlo. Altrimenti era perso. Irremissibilmente perso.

Wagner si allungò per infilargli dentro il bicchiere. Karl, energico, saltò di lato, toccando con le mani la pila di dischi in attesa di essere caricati nel pick-up per il ballo di ufficiali e dipendenti! "bunker". Ne prese uno, velocemente, facendolo scattare sul bordo dell'armadietto di metallo dove si trovavano.

Wagner gli era vicino, cercandolo ferocemente con la bottiglia. Karl lo colpì con il bordo del disco in faccia. Wagner ululò all'impatto. La pasta dura, affilata dal taglio, le spaccò la guancia e. labbra, dal taglio secco, non molto profondo. Karl non era crudele, non cercò di distruggere Wagner per sempre.

Ha raggiunto il suo obiettivo. Il sangue, inondando il volto ferito dell'ufficiale delle SS, lo stordiva, accecandolo e infuriandolo a tal punto che i suoi pericolosi tagli in aria con la bottiglia, mancavano di direzione ed efficacia,

Adesso Karl riuscì facilmente a colpirlo con il bordo della mano aperta sull'avambraccio. Lasciò cadere la bottiglia, che andò in frantumi, e non appena si mosse, Karl gli affondò i pugni nel fegato, piegandolo. Il sangue di Wagner lo schizzò. Tuttavia, rimase in piedi e assestò il colpo finale alla nuca. L'ufficiale ubriaco si girò, macchiando di sangue il pavimento, i mobili e gli abiti di una ragazza seminuda, che si voltò, piagnucolando istericamente:

«Portalo in infermeria», ansimò Karl, appoggiandosi al muro. Al momento.

Un sergente e un caporale dei servizi ausiliari del bunker annuirono in silenzio, ben lontani dalla loro ebbrezza, e Wagner si precipitò in infermeria, mentre Karl riprendeva le forze e una voce sommessa gli diceva accanto: «Grazie. Grazie, tenente Martin... Sei... sei ferito?

Si voltò. Erika sembrava più docile, morbida e umile di prima. Negò, lentamente, con un mezzo sorriso:

"No, non sono ferito. E tu? Quel selvaggio ti ha ferito?

"Mini graffi. È stato... è stato un altro danno che ho sentito in questa situazione dolorosa, Martin.

"Capisco" la guardò, con una certa freddezza. Deve essere terribile per qualsiasi donna. Non per questi, ovviamente...

Indicò intorno alle altre segretarie e ancelle delle cantine della Cancelleria, dedicate alla sua orgia. Ha aggiunto, dopo una breve pausa:

"Roszy non era quella specie, puoi credermi. Era una brava ragazza. Solo lui viveva a modo suo. In realtà, quando si vive così, ci si chiede se ognuno non faccia bene a vivere a modo suo, il più intensamente possibile.

"Non cercare di convincermi," rispose lentamente Erika. Credi che odiasse davvero Roszy?

«È così che mi hai mostrato quando sei arrivato al bunker.

«Stavo fingendo, Martin.

"Stava fingendo?" Karl inarcò le sopracciglia, fissandola. " Perché?

"Molte volte devi stringere i denti e nascondere i tuoi sentimenti quando sono coinvolti il Partito e gli interessi politici, Martin. Sono sempre stata una funzionaria dello Stato, e fedele al Partito..." si guardò intorno, come se avesse paura di essere ascoltata da quella serie di fauni e ninfe in divisa. Ha aggiunto, a voce più bassa: "Roszy era diverso. So che la guardavano per la disaffezione nei confronti del Reich. Poi... ho saputo della sua morte. Wagner e gli altri sono della SS. Ci sono agenti della Gestapo ovunque. Ti aspetti che vinca qualcosa mostrando solidarietà al mio sfortunato cugino? No, Martino. Dovevo farlo. Mio Dio, povero Roszy, spero che sappia perdonarmi...

"Dov'è lei, tutto è perdonato, Erika" mormorò Karl, avvilito. Fumava una sigaretta lentamente. Il tabacco sapeva di stoppa e lo lanciò con rabbia, calpestandolo con il tacco dello stivale". Mi fa piacere sapere che non sei come appari.

"Non gli piacevo, vero? -" sorrise debolmente.

"Sinceramente no.

"Perché, allora, sei venuto in mia difesa a rischio per te?

Karl rimase in silenzio per alcuni istanti. Erika ora si copriva con una tunica militare da ufficiale che russava, ubriaca, accanto al pick-up silenzioso. Ma i suoi occhi blu cobalto erano fissi su di lui, come in attesa di una risposta.

"Non lo so..." confessò infine Karl. "Non lo so, Erika...

* * *

Sarebbe stato difficile per Karl Martin dimenticare quel giorno.

Era il 22 aprile 1945. Quarantotto ore dopo la festa di compleanno del Führer.

Le cose nel bunker non erano cambiate molto. Alcuni materiali di consumo erano razionati in modo più scarso, mancanti anche per il servizio del Führer, e la tensione nervosa era salita di qualche numero. Apparentemente era tutto. Sotto la pelle degli ufficiali, dei capi e degli ufficiali raggruppati nel rifugio segreto sotto la già martoriata Cancelleria, sulla quale volavano instancabilmente le squadriglie russe sganciando tonnellate di bombe, che a volte miravano e a volte no, gli spiriti di coloro che si radunavano nel luogo sorprendente stavano perdendo forza, volontà, speranza.

Il telefono aveva emesso uno degli ordini disperati di Hitler il giorno prima:

"" Il generale Felix Steiner delle SS assumerà il comando delle forze di contrattacco tedesche a Berlino. L'ufficiale che esonera uno dei suoi uomini dalla partecipazione a questa operazione la pagherà con la vita, entro cinque ore. "

Fu un'altra delle frasi storiche del declino del Führer in Germania. Steiner, della guardia scelta del III Reich "le temibili SS", prese così il comando.

Il 22 aprile, data successiva a quella decisione, avrebbe mostrato i frutti della decisione decisiva di Hitler.

* * *

"Sai qualcosa?

«Ancora niente, mio generale», riferì Karl, piazzandosi davanti a Von Kelber, che era presente, nervoso e preoccupato, nella sala riunioni del bunker, poi disertato, tranne loro due e il colonnello Fritz Wolkse. , che era incaricato di spedire alcuni documenti di sua competenza nel «bunker».

"Steiner avrebbe già dovuto riferire sull'andamento dell'operazione", ha commentato Von Kelber, strofinandosi nervosamente il naso rosso e accentuato di un buon bevitore di birra tedesco. "Perché diavolo non lo fai adesso? Il Führer si infurierà...

Fece qualche passo, irritato dalla stanza, sotto la contemplazione un po' indifferente e vaga di Wolkse, nelle cui mani frusciavano le carte. Karl si irrigidì davanti al suo superiore.

"E Dio sa che preferirei fare qualsiasi cosa piuttosto che vedere il Führer furioso..." aggiunse Von Kelber con voce roca, scuotendo con enfasi la testa ingrigita.

Uscì dalla stanza senza aggiungere altro. Karl stava per seguirlo, quando la voce sommessa del colonnello Wolkse lo chiamò:

"Tenente, per favore...

Karl si voltò, salutando il vecchio soldato, che non si era mosso dal suo posto.

"Sì signore. Desidera qualcosa?

"Sì. Resta qui un momento. Vorrei parlarti.

"Sono al tuo servizio.

"Smettila ora, figliolo", sospirò Wolkse lentamente. Voglio parlarti come un amico, non come un superiore. Riposo. Vieni qui, ragazzo.

Karl, sorpreso dal trattamento riservato al veterano militare tedesco, gli si avvicinò. Fritz Wolkse aveva occhi grigi acuti e scaltri. Le sorrise con loro.

"Questo sta affondando, figliolo", dichiarò all'improvviso.

Karl deglutì a fatica. Era pericoloso lasciarsi trasportare da affermazioni del genere. Ma qualcosa in Wolkse ispirava fiducia.

«Lo so, signore», disse conciso.

"Non posso dire che mi dispiace molto" il colonnello scosse la testa. Sono nato nell'esercito. Sono ancora un militare e un tedesco. Se le SS mi sentissero parlare così, mi giudicherebbero come un traditore. Questo è il male. Che non puoi commentare, dì la verità crudamente. Non è ammesso. Ma la verità è che ci hanno portato a questo caos. Non ho mai visto più follia collettiva, più cecità, più disprezzo per la potenza del nemico, per la sua capacità di combattere, per la resistenza morale e fisica... E ora è troppo tardi per tutto. Steiner fallirà... se attacca.

«Non ti capisco, signore.

"Sì, mi capisci." Lei lo fissò. "Topi che corrono, lo sai. Steiner, come Goering, cercherà la sua fuga. Non credo che attaccherà. E se lo farà, sarà un altro suicidio in questo pazzo mondo.

"Perché dici tutto questo, signore?

"Perché penso che sia l'unico qui con cui puoi parlare di queste cose, ragazzo. Tu... tu "non sei un nazista".

Lo disse in un sussurro. Carlo rabbrividì. Ma aveva già superato la sua capacità di sospetto, di prudenza. Si rese conto che tutto stava cominciando ad essere lo stesso.

«È vero, signore.

"Bravo. Un ragazzo coraggioso e sicuro di sé" lo studiò con calma. Un tipico uomo di Erwin Rommel. Sapeva vedere la realtà, vero, tenente Martin? Tu, come tutti su Panzer 21, avresti dato la vita per salvaguardare il suo.

"Si signore.

"Lo so. Erwin è stato assassinato. C'era un ufficio a Gottinga! Ricercato dalla Gestapo e dalle SS Ha parlato di quella domanda in pubblico. Ma non l'hanno mai trovato. Ne sai qualcosa?

Karl arricciò le labbra. Cominciò a dire:

"Signore, devo confessarvi che...

Velocemente, Wolkse agitò la mano, fermandolo. Il colonnello parlò bruscamente:

"No, non confessarmi niente, ragazzo. Niente, hai capito? Non discuterne nemmeno con nessuno. Non essere troppo impulsivo. I veri traditori della Germania sono quelli che tacciono, quelli che aspettano il momento di gettare fango sugli altri per proteggersi. Ci sono molti qui che vedrebbero volentieri il modo di gettare spazzatura sugli altri ...

"Helmut Wagner?

"È uno di loro. Ti odia, tenente. E i loro amici delle SS in questo "bunker" fanno una pausa comune con loro. Sai: i lupi vanno in branco. Non è ancora il momento di sbranarsi l'un l'altro ... Stai attento con Wagner Da quando hai visto quella cicatrice sul suo viso, il suo odio per te e una certa giovane donna in questo rifugio è cresciuto ancora di più.

"Erika...

Stai attento. Per te e per lei. Penso che sarei capace di tutto.

"Grazie mio Signore. Lo terrò a mente...

"-Sì, figliolo," sospirò il colonnello Wolkse. È tutto. Buongiorno...

Karl salutò in silenzio. Il suo sguardo e quello di Wolkse incontrarono muta simpatia. Poi Karl lasciò la sala conferenze del "bunker" della Cancelleria.

* * *

Era metà pomeriggio.

"La controffensiva di Steiner è in pieno svolgimento, 'mein' Führer. Ed è in aumento. Successo su tutti i fronti immediato alla Capitale. I russi iniziano a ritirarsi. Penso che vinceremo... "Heil Hitler!"

Era una telefonata di Heinrich Himmler, capo supremo delle SS

Poco dopo, lo stesso Führer informò il suo Stato Maggiore, in una riunione urgente, delle incoraggianti notizie ricevute. Il tuono dei cannoni, sempre più vicino e più rimbombante in alto, sembrava ora una musica celestiale.

Il colonnello generale Alfred Jodl, capo delle operazioni, entrò pochi istanti dopo alla riunione dello stato maggiore del Reich, con gli ultimi pezzi dell'esterno nelle sue mani. Il colore del suo viso imitava perfettamente quello della cera.

"Cosa c'è, Jodl? Che c'è?" domandò Hitler, tra sorpreso e preoccupato, notando l'espressione tesa del suo subordinato.

Il militare decise di parlare, non senza aver prima raccolto la sua volontà e le sue energie per liberare il colpo che aveva portato con sé:

"«mein» Foora, Steiner non ha nemmeno attaccato. L'ultimo comunicato indica che le forze corazzate del maresciallo Zukhov... sono entrate a Berlino.

***

"Tutto perduto!

"Tutto perduto, sì" il generale Von Kelber camminava furiosamente avanti e indietro, il suo volto color cenere. Era finita. Lo ha detto lo stesso Führer, dopo il suo scoppio d'ira per il tradimento di Steiner... "Il Terzo Reich è caduto".

E si vocifera che anche Goering intenda tentare un tradimento e voglia assumere il comando della Nazione, sostituendosi al Führer. È possibile che nelle prossime ore Hitler detterà il suo arresto o, forse, la sua esecuzione..." riferì un altro generale di stato maggiore, fissando il vuoto.

"E' la fine..." confermò un altro lentamente.

Tutti quei commenti, voci, espressioni tra patetico e spaventato, hanno raggiunto gli ufficiali. Un'atmosfera tesa e fastidiosa invadeva tutto. Gli ufficiali, i servi, i dipendenti pubblici e tutti i tipi di personale rinchiuso nel "Führer-bunker" si guardavano l'un l'altro con sospetto, con preoccupazione, con paura...

La notizia dell'assedio russo di Berlino era ormai dominio di tutti. Ora, lo sparo dei cannoni, nei sobborghi della capitale, sui ponti di accesso alla grande città, aveva una sfumatura di "requiem", di musica funebre per il Reich che, secondo il suo fondatore, doveva durare mille anni ...

Gli echi dei nuovi ordini, dettati febbrilmente da Hitler nei loro momenti drammatici, riempirono i militari di nuova confusione e stupore:

"Sapete una cosa? Il generale Wenck ha ricevuto l'ordine per l'XI Corpo d'Armata di ritirarsi verso Berlino, nel suo combattimento con le truppe americane, per difendere a tutti i costi la capitale.

«Ci sono altre novità, disse un capitano, pallido come un morto, sbottonato la tunica e con l'alito che puzzava di alcol». Hanno dato un ordine terribile: tutti i ragazzi di Berlino devono difendere le barricate e le ridotte contro i russi. La tua età non ha importanza. Hanno diciassette, quindici... o dodici anni. Andrà tutto. Coloro che diserteranno da questo incarico verranno impiccati sul posto da speciali pattuglie delle SS...

"Mio Dio!" Karl si passò una mano tremante sul viso. Avevo freddo, anche se sudavo copiosamente. "È... è mostruoso...

Non gli importava se qualcuno lo sentiva. E lo hanno sentito. Colse uno sguardo di sorpresa da un ufficiale, ma poi l'ufficiale alzò le spalle, abbassando gli occhi a terra, come se ignorasse tutto o annuisse a sua discrezione.

Era mostruoso, sì. Karl tremava pensando a quei giovani, a quei bambini ai quali sarebbe stata affidata un'arma nelle loro mani e alla missione di difendere Berlino con il sangue e il fuoco, da un nemico potente, equipaggiato e ben diretto, come il Soviet.

Provava la nausea, perfino il disgusto di essere nato, di appartenere alla razza umana. Un disgusto invincibile e atroce che lo spinse ai bagni. Si sentì meglio un po' più tardi, ma non molto. C'era qualcosa nella bocca dello stomaco che lo pungeva con punture amare.

Cercò Erika tra il personale rannicchiato e tremante che di tanto in tanto vagava come spettri storditi attraverso le stanze di servizio vuote del bunker.

Non l'ha trovato. Fermò Hilde Stragg, che stava bevendo da una fiaschetta piatta, metà di brandy.

"Sto cercando la tua partner, Erika Polman. L'hai vista?

"Erika..." Hilde scosse affermativamente la testa. Certo che lo sai, tenente. L'ho vista. Povera ragazza. Ha ancora meno vita di noi...

"Che dici?

"Come ha pianto quella poveretta... Be', spero che sia fortunata. Non sai mai dov'è la morte. Vieni, tenente. Dimentica Erika e resta con me. Io tu...

"Già abbastanza!" La schiaffeggiò brutalmente. "Dov'è Erika Polman?

"Se n'è andato..." singhiozzò, lasciando cadere la bottiglia, che si rovesciò sul pavimento. "Ha lasciato il bunker...

"No!" Gli occhi di Karl si spalancarono per l'orrore.

"Lei... ha ricevuto ordini. Partì con una pattuglia... delle SS Era destinato... alla postazione militare... dei... ponti del Wannsee.

Livido, decomposto, Karl lasciò la stanza. Hilde singhiozzava, che fosse per Erika, per lo schiaffo o per il brandy versato. Il giovane ufficiale attraversò diverse stanze come un ciclone, finché non entrò nella camera dell'ufficiale. Alcuni lo guardavano stupiti.

"Chi ha ordinato a Erika Polman di lasciare il bunker per i ponti di Wannsee? urlò Karl, piantandosi al centro della stanza.

"Non lo so" ringhiò - un capitano, sorpreso ". Ehi tenente, cosa è successo?

«Una ragazza del servizio bunker è uscita di qui. È stato spedito in uno dei luoghi più pericolosi della città, proprio dove entrerà Zukhov con i suoi carri armati, senza il minimo dubbio...

«Non ne sappiamo niente, Karl. Qui nessuno dà più ordini. Solo il Führer... e naturalmente le SS. Sembra che si fidi solo di loro, nonostante il tradimento di Steiner e Himmler.

Karl serrò le mascelle, avviando l'uscita dalla camera. Sulla porta trovò qualcuno in piedi. Guardandolo con aria di sfida, malevolo.

"Cerca qualcuno, tenente Martin?" - parlò Helmut Wagner, il viso biondo e arrogante ora attraversato da una brutta cicatrice.

"Tenente Wagner!" sibilò Karl Martin, stringendo i pugni. "Cosa sai di Erika Polman e del suo destino attuale?

"Tutto quello che vuoi, chiedimelo" sorrise l'ufficiale delle SS. L'ho postata lì, tenente. Altre domande?

Karl non ha fatto domande. Andò direttamente da Wagner. Lo colpì allo stomaco, un altro al fegato, e quando il tenente delle SS voleva disperatamente difendersi, un "uncino" avvizzito di Karl lo sbatté contro il muro e da lì a terra.

"Maiale!. Sporco topo! " Martin ansimò, pronto a seguire la punizione, facendo un passo avanti, i pugni alzati.

La canna di una Luger automatica lo fermò.

«Un altro passo, tenente, e sarà un uomo morto. Lascia stare il tenente Wagner. E preparati a subire la punizione per questo atto di violenza...

Karl sollevò il viso, fissando un comandante in capo delle SS, i cui occhi, freddi e duri come quelli di un rettile, lo fissarono maliziosamente,

"Lascialo, signore..." ansimò Wagner, ricostruendosi lentamente, ancora senza mettersi a sedere. Non era niente. Il tenente Martin è un uomo coraggioso e forte, tutto qui. Per questo le suggerirei, signore, di assegnarla con me... alla pattuglia delle SS che tra un'ora partirà per la periferia di Berlino.

"Certo", la sillaba del comandante con un gelido sorriso. Hai sentito, tenente Martin. Questo è un ordine. Trattenere!

Carlo lo ha fatto. Rigido, fissò il suo superiore. Il capo delle SS parlò bruscamente:

"Viene scelto per andare come ufficiale con la pattuglia delle SS che lascerà il bunker con la missione di impiccare tutti i ragazzi disertori che si rifiutano di difendere Berlino. Si ricordi, tenente Martin, che lei sarà alle dirette dipendenze del tenente Wagner e che ogni disobbedienza, insubordinazione o tentata diserzione da parte sua riceverà la stessa punizione prescritta per i ragazzi della capitale: impiccagione immediata.

<h1 style="text-align:center">6</h1>

Stai calmo. Molto calmo, tenente. Eppure non tutto è andato perduto...

Karl Martin fece un respiro profondo, controllandosi. Si abbottonò rudemente, quasi brutalmente, gli ultimi bottoni della sua tunica, aggiustò l'imbracatura e prese il mitra. Poi guardò il colonnello Fritz Wolkse.

"Cerco di essere calmo, signore", disse lentamente. Ma penso che molto sia già stato perso. Forse la vita di quella ragazza, gettata al macello da quell'ufficiale dispettoso e vile...

«Raccomando lo stesso: serenità, tenente Martin. Sei un ragazzo intelligente e capace. Non lasciarti trasportare dai tuoi impulsi. Hai ricevuto un ordine. Devi rispettarlo, qualunque cosa accada. È un soldato e il paese è in guerra. Inoltre, è in un crollo gravissimo, dal quale nessun tedesco cosciente può sottrarsi. Dobbiamo tutti combattere fino alla morte o alla vittoria.

«Anche i bambini, signore?

Wolkse chinò il capo cupamente. Non ha risposto a questo. Poi ha sostenuto:

"Per ora, le SS sono quelle che controllano il comando militare, figliolo. Il Führer si fida solo di loro. Non posso revocare l'ordine ricevuto. Vai con quella pattuglia. E se devi impiccare un ragazzo che si rifiuta di combattere... stringi i denti. O quelle persone ti impiccheranno; ricorda che non un solo tedesco può disertare ora ...

"Lo ricordo troppo bene, signore." Le pupille di Karl si restrinsero. "Grazie di tutto. Ordinate qualcosa?

"Sì," sorrise Wolkse, tendendogli la mano. "Abbi cura di te. E che tu abbia serenità in ogni momento.

«Cercherò di obbedire, signore.

"Bene. Buona fortuna, ragazzo "si strinsero la mano cordialmente. Poi Karl si alzò, salutando militarmente. Poi si allontanò a grandi passi verso il corpo di guardia del bunker.

Helmut Wagner stava già aspettando, formando la pattuglia di uomini delle SS, armati di mitra. I due uomini si salutarono freddamente. Karl stava accanto a un caporale delle SS, Wagner ha dato le ultime istruzioni:

"La nostra missione è pattugliare le strade e i viali di Berlino che portano ai ponti dove i sovietici inizieranno la loro offensiva. Dobbiamo impedire che le diserzioni vengano reclutate con la forza in circostanze così terribili e disperate per ordine espresso del Führer. Se qualcuno diserta sarà impiccato senza processo da noi stessi. È l'ordine. Se scappano, se non si fermano alla prima "fermata", spara per uccidere. È tutto. Ah, un'altra cosa! "Il suo sguardo si indurì." Qualsiasi membro della nostra pattuglia che si rifiuta di rispettare questi ordini o li contesta sarà anche colpevole di diserzione o ribellione e può essere impiccato o fucilato sul posto. Andiamo. "Heil Hitler!"

"" Heil Hitler! "" Risposero tutti, come se quella voce monotona, già di routine, potesse sollevare ciò che si stava sgretolando; per trasformare, in breve, il Terzo Reich in qualcosa di più dello spettro scaricato che era in quel momento.

La pattuglia delle SS, comandata da Helmut Wagner, e con Karl Martin come suo subordinato, partì.

Poco dopo lasciarono il 'bunker' della Cancelleria, dirigendosi verso l'inferno di Berlino...

* * *

Un inferno.

Mai luogo ha più meritato il nome o rispecchiato più giustamente il suo aspetto e la sua situazione autentici, della Berlino di quel 23 aprile 1945, appena dodici ore dopo che Karl Martin ha scoperto l'assenza forzata, quasi criminale di Erika Polman.

Era l'alba del 23. Un'alba strana, allucinatoria, livida, tra il grigio e il giallastro, come se il fumo e lo zolfo dell'inferno stesso fluttuassero sulla città caotica, punteggiata di falò e fumo nero che si alzava al cielo.

Un odore acre di morte, di sangue, di rovine e di distruzione, si levava da ogni parte, come se tutta la terra cominciasse a puzzare dell'alito nauseabondo della putrefazione.

Quella era Berlino...

La terrificante Berlino di alcune terrificanti date storiche, in cui pallidi esseri danteschi, emaciati e nervosi, si muovevano tra i suoi cumuli di macerie, attraverso i suoi viali di macerie, rovine e nudi muri anneriti senza nulla dietro, tranne il vuoto agghiacciante delle loro case senza muri , tetto, pareti o persone; con quell'atroce schiudersi di occhi vuoti che erano le finestre che guardavano verso il cielo stesso, grigio e nuvoloso come l'atmosfera della capitale tedesca.

Di tanto in tanto, sotto le travi e le macerie, appariva una mano uncinata, una faccia inquietante bagnata di sangue, un corpo smembrato, una gamba scheggiata, o una massa informe di carne umana portata via da granate e bombe. Alcune donne, integre e determinate, si aiutavano a vicenda estraendo cadaveri o caricando feriti disperati nelle poche ambulanze che circolavano per la capitale. Anziani e bambini sotto i dieci anni piagnucolavano con i loro cari annientati o venivano a soccorrere senza speranza i loro corpi gravemente feriti, forse morenti.

Sì. Quella era Berlino. Quella era l'orgogliosa capitale del Terzo Reich, assediata dalle truppe russe, che già combatteva furiosamente alla periferia della capitale, sui ponti che vi portavano...

Karl, come parte della pattuglia che percorreva le strade in un furgone dell'esercito, dotato di due mitragliatrici a base girevole sul retro, avrebbe visto tutta quella sfilata da incubo.

Il veicolo, dipinto di grigio brunastro, si muoveva come un bruco attraverso cumuli di rovine, ceppi urbani e cadaveri allineati su alcuni degli ex blocchi della città. Era come una passeggiata dantesca attraverso i limiti stessi dell'impero di Satana.

Il giorno dell'Apocalisse sarà peggiore? si chiese Karl con calma. E i soldati delle SS lo guardavano vacui, freddi e distanti, ermetici nel loro gelido isolamento fanatico, fedeli servitori di qualcosa che a volte crollava... e che, forse proprio per questo, diventava sempre più pericoloso, minaccioso diventava un nuovo Saturno che divorerà i tuoi figli.

Superarono una formazione di soldati armati. Karl fissò con stupore i grandi mantelli e gli elmi d'acciaio come se fossero appesi a una gruccia troppo traballante. Quando si lasciò alle spalle il gruppo, che salutava il Führer con acclamazioni infuocate e salutava con le macchine automatiche, si accorse con orrore che erano giovani, veri bambini strappati alle scuole, alle case private. Bambini al macello...

Si asciugò il sudore gelido dalla fronte con il dorso della mano. Alzò gli occhi al cielo, nella dura mattina nuvolosa. Anche la luce sembrava una tenda sporca appesa a brandelli dal cielo. Tutto faceva paura, come estraneo a questo mondo, agli esseri umani, a un minimo di buon senso e sensibilità.

Quei ragazzi erano felici di andare al macello. Erano dei convinti, degli avvelenati da dottrine cieche, da voci di comando trasformate in impatti di dominio subumano.

Altri, non tanto. Una nuova colonna di ragazzi, pallidi ed esitanti, li superò. Il tenente Wagner li incoraggiò energicamente dalla cabina di pilotaggio:

"Avanti, soldati tedeschi! Per il trionfo del Terzo Reich! "Heil Hitler!"

"" Heil Hitler! "Vittoria!", gridavano quei poveri prepotenti della grande farsa.

E agitavano le braccia, come se avessero instillato una nuova fede nella loro vittoria finale. Carlo aveva paura. Paura di se stesso, del suo popolo, del suo popolo. Se fossero così facilmente infiammati da uno slancio di comando, cosa potrebbe tirare fuori la Germania dal suo pantano, dalla sua obbedienza quasi meccanica?

Un terzo gruppo di soldati imberbi, tutti sotto i quindici anni, vestiti in fretta e corsa con abiti fatti su misura per uomini più grandi e più alti, gli fece un'impressione ancora più terribile.

Perché quelli stavano avanzando a baionetta. Dietro la loro linea lenta, svogliata e triste, alcuni soldati e un sergente delle SS li spingono, con le armi in pugno, portandoli nelle trincee della periferia berlinese proprio mentre un gruppo di montoni viene spinto verso il macellaio.

«Che succede, sergente, con quei ragazzi? chiese Wagner, fermando il suo veicolo.

"Non volevano andare al fronte. Si sono tutti riuniti per gettare le armi e disertare in gruppo. Penso che sia meglio portarli in trincea che impiccarli tutti, signore.

"Va bene, ma non tollerare troppo. Se provano di nuovo a fare qualcosa, sparagli via. La Germania non ha bisogno di disertori, ma di soldati che muoiano per questo.

L'auto militare proseguì, lasciandosi alle spalle i patetici bambini spaventati. Uno strano, freddo odio per tutto ciò che lo circondava cresceva sempre più nella mente di Karl Martin. Chiuse gli occhi, convulso, mentre attraversava un sentiero da cui pendevano diversi corpi, appesi agli alberi. Erano tutti ragazzi, quasi bambini, impiccati dalle SS Con vernice nera era stato scritto per terra:

Disertori dalla Germania. Difendi il tuo paese e non morirai indegnamente! "

Si controllò per non vomitare. Questo era troppo. Non c'era bisogno di guardare i poveri bambini impiccati per vederli dondolare sulle corde, assassinati per il solo delitto di aver avuto più paura di un fucile o di una mitragliatrice che dei libri di scuola o dei rimproveri della mamma.

"Attento!" Qualcuno ha urlato. "Aerei russi...!

L'auto si fermò. Tutti si precipitarono fuori da lui. Neanche Karl è rimasto. Nella grigia foschia dell'alba, attraverso fili di nuvole, spuntarono i bombardieri sovietici scortati da veloci caccia che già si lanciavano a terra, aprendo il fuoco con le mitragliatrici dalle ali. Erano ricoperti di scintillanti schizzi arancioni e il terreno asfaltato, in molti punti crepato e screpolato, del marciapiede di Berlino iniziò a bollire.

Karl ei suoi compagni delle SS si gettarono da una parte e dall'altra, disperatamente, evitando i mitragliamenti aerei dell'aereo russo. Altri aerei stavano già bombardando il quartiere, sollevando valanghe di pietre e ferro contorto, tra colonne di fuoco e fumo, dove cadevano i loro pesanti proiettili.

Attaccato al suolo, tra le macerie, Karl rimase immobile, sentendo tremare il terreno intorno a sé, rendendosi conto che l'aria tutta odorava acre, e l'atmosfera diventava quasi irrespirabile di puro denso e plumbeo, intorno a lui.

Uno degli aerei russi volò basso sul luogo in cui il giovane tenente era accovacciato. Sentì il ronzio del motore scuotere ogni cosa sul suo cammino, far vibrare rovine, muri, corpi. Il crepitio delle mitragliatrici gli spaccò i timpani, tanto erano vicini i colpi.

L'apparato è stato sollevato mentre le pietre intorno a Karl rimbalzavano o saltavano, polverizzavano, mentre ricevevano i proiettili. Rimase fermo, incollato al suolo, senza cercare una falla che potesse essere fatale.

Due dei soldati, membri delle SS, non furono sereni come Karl nell'istante supremo e, saltarono dai loro nascondigli, correndo a zigzag attraverso la strada, per evitare la vicinanza degli impatti. Nonostante appartenessero all'efficiente e capace Select Guard, non potevano sopportare lo stress. E questo li ha persi.

Un secondo caccia nemico era già dietro al precedente, spazzando le strade con i suoi scoppiettanti raffiche di mitragliatrice. Le loro strisce fiammeggianti hanno chiaramente raggiunto i corpi in uniforme che lottavano per trovare un rifugio migliore tra le macerie.

Si agitavano, saltando come imbranati in mezzo alla strada. Caddero inarticolati, coperti di sangue, quasi irriconoscibili, come il ruggito dei combattenti avversari perdeva ancora, salendo nelle nebbie mattutine. I due soldati delle SS rimasero sulla strada e il sangue scorreva a striscioline fino alle fogne...

Poi ci fu un lungo, lungo silenzio. Un silenzio rotto solo dai motori che si allontanavano, dal crollo dei muri, delle macerie pericolanti. Karl si alzò lentamente in piedi, guardandosi intorno in uno stupore doloroso.

Alcune travi stavano bruciando. L'auto della pattuglia delle SS è stata sventrata, una massa fiammeggiante di ferro contorto in mezzo alla strada, non lontano dal punto in cui i due soldati sono stati fucilati.

Nessuno dei due si è avvicinato alla macchina. In lontananza si raggrupparono lentamente su un cumulo di macerie. Non ci volle molto perché il deposito di carburante esplodesse, tempestando di schegge di ferro il viale deserto.

"Continueremo a piedi fino ai ponti"disse Helmut Wagner freddamente.

"Sarà l'inferno", commentò Karl.

"E quello? Ha paura, tenente Martin?

"Non per me. Non per lei, tenente Wagner. temo per gli altri. Ne ha visti morire due. Molti altri cadranno se ci avventuriamo lì,

"Ci andremo, nonostante tutto. Dobbiamo fare attenzione che non ci siano disertori. E lo terremo d'occhio, certo. Altre obiezioni?

"No, nessuno" sospirò Karl- ". Nessuno, signore ...

Salutò, mettendosi sull'attenti. Wagner, aspettandosi l'insubordinazione, sembrava deluso. Ha semplicemente risposto al saluto, con riluttanza, e ha puntato il suo mitra lungo la strada:

"Vai avanti! Non c'è più tempo da perdere... La pattuglia delle SS ora era composta da Wagner, Karl Martin, il caporale delle SS e solo quattro uomini dal loro gruppo originario di sei. I sette uomini si muovevano attraverso quel labirinto apocalittico di rovine e fumo , di fiamme e di sangue, verso la periferia di Berlino, verso i ponti del Wannsee.

Era un desiderio stupido e folle di punire, di mantenere una disciplina impossibile, basata sul sangue e sulla morte, tra la giovane popolazione di Berlino. Ma non c'era niente che Karl Martin potesse fare per impedirlo. Assolutamente niente. Basta obbedire, seguire gli ordini di un suo pari che lo odiava e che ora aveva il comando. Altrimenti anche lui sarebbe vittima della dura, feroce repressione delle SS hitleriane.

L'esplosione ha sollevato frane di terra e sassi.

Karl ebbe appena il tempo di cadere a terra. Davanti a lui esplose un vero e proprio inferno di granate, di granate d'artiglieria pesante russa, piazzate in batteria davanti alle disperate difese berlinesi, e che percosse con implacabile ferocia strade ed edifici, fortificazioni e trincee, parapetti di sacchi di sabbia o fossati sfondati. picco alla vigilia tesa dell'assedio di Berlino.

Senza muoversi, rannicchiato tra le macerie, Karl lasciò passare la raffica delirante, dopo di che vi fu un breve silenzio, subito rotto da rumori di mitragliatrici in alcuni punti, e dall'inesorabile "clank, clank, clank, clank" dei carri armati pesanti combattenti sovietici, muovendosi attraverso ponti, strade suburbane, in un gigantesco movimento a tenaglia e penetrazione intorno e attraverso Berlino.

Il Wannsee era già davanti a loro, con i suoi ponti presidiati da gruppi di ragazzi, giovani nei nidi di mitragliatrici, armati di mitra e fucili, di bombe a mano o semplici pistole, contro la tremenda macchina d'invasione russa.

C'erano cadaveri in pile lì. Si vedevano le masse brunastre di uomini in uniforme, gettati uno sopra l'altro, come spazzatura. Erano stati esseri umani, giovani forti, pieni di vita non molto tempo prima. Lo sbalorditivo salasso di Berlino continuava in mezzo a quella sinfonia dantesca di armi da fuoco, crolli, fumo e fuoco, sangue e dolore.

Karl si alzò in piedi, mitragliatore pronto, zigzagando tra le macerie. Se scoperto da un mitragliere russo, sarebbe bastato un solo colpo per farlo a pezzi, insieme al terreno su cui si trovava. Lo aspettava da un momento all'altro, quasi già sentendo il morso lacerante delle schegge nel suo corpo, tale era la sensazione fisica della vicinanza dell'inevitabile in quel caos di fuoco nutrito, di implacabile distruzione.

Riuscì a gettarsi in tempo dietro una pila di cadaveri, premendo il viso contro il panno marrone e insanguinato del mantello di un soldato.

Occhi vitrei e immobili sembravano fissi su di lui da un volto straziato, informe abbassò l'elmo d'acciaio, come lo stesso spettro dell'Apocalisse che simboleggia la Guerra, sul dorso della sua cavalcatura infernale...

Un carro pesante, con la stella rossa sulla torretta, apparve nell'angolo. La sua canna ruotava, oscillava, cercando come un occhio devastatore la traccia di un essere vivente. Se l'artigliere avesse visto Karl, la pira umana sarebbe esplosa, lui compreso.

Ci sono stati momenti di tensione, di angoscia. Il carro armato russo si muoveva, avvicinandosi a lui, lentamente e inesorabilmente:

"Clank-clank-clank-clankkkk..."

Schiacciante, stridente, come un mostro d'acciaio che potrebbe travolgere tutto...

Stava già scendendo lungo la strada, schiacciando corpi e macerie sotto il suo peso. Avrebbe facilmente scavalcato la pira dei morti, stringendola mentre camminava. Stava venendo dritto verso di lei. Karl preparò la sua mitragliatrice per morire cercando di fare qualcosa di efficace, che sentiva essere inutile...

Non è uscito dalla protezione dei cadaveri. Un'esplosione atroce, un bagliore violentissimo... e il carro armato russo, colpito da un provvidenziale proiettile tedesco, si polverizzò in mille frammenti fiammeggianti, contorti, espandendo ovunque i corpi mozzati degli uomini che lo occupavano...

Wagner emerse da un altro rifugio, dando forti indicazioni a tutti da seguire. Karl lo fece, girando intorno alla pira dei soldati morti. Più per urgenza che per spirito di obbedienza. Questa zona era pericolosa. Tra non molto ci sarebbero stati diversi carri armati che si sarebbero mossi verso il centro di Berlino. Era evidente che uno dei punti dell'eroica e disperata difesa della città aveva ceduto nella sua resistenza, lasciando aperta una breccia all'invasore.

L'inevitabile cominciava a precipitare, come Karl aveva sempre immaginato.

Incontrando Wagner, il gruppo si era di nuovo ridotto. Adesso erano solo cinque: lui, Wagner e tre soldati. Il quarto soldato e caporale erano stati colpiti dal carro armato esploso poco prima. Non si sarebbero più mossi.

"E adesso ¿dove, tenente Wagner? "Karl infuriato, fissando il suo compagno d'armi. Vuoi che ci uccidano tutti stupidamente, senza alcuno scopo pratico?

«Può tornare indietro, tenente», sibilò Helmut Wagner, mordendo le parole e alzando il mitra puntato contro Karl. Dai, fallo se preferisci...

"È quello che vorresti, assassinarmi da dietro", rispose Martin. Continuo con te fino all'inferno stesso..., se non ci siamo già dentro,

"Molto bene, tenente Martin. E si ricordi questo: anche se di grado uguale, qui comando "io". Andiamo!...

Camminarono attraverso fuochi, fumo e nuvole di polvere acre, odorando di sangue fresco, morte e carne bruciata. Il sudore viscoso inzuppò il viso annerito del tenente Martin.

Davanti a loro, un altro edificio è crollato, colpito da una raffica russa. Risuonarono urla, voci patetiche di dolore. I soldati di Wagner si sono trasferiti lì rapidamente.

Circondarono l'edificio in fiamme, le pareti che crollavano, incrinate dagli spari. Karl tremò di orrore.

Un nido di mitragliatrici dominava l'accesso a uno dei ponti sul Wannsee a causa della posizione elevata del sito. Solo il nido era stato l'obiettivo indiscusso del nemico. Un obiettivo perfettamente riuscito...

Sangue, morti e armi in frantumi giacevano su una massa spiegazzata di sacchi di sabbia, ciottoli e filo spinato. I servitori di quel nido di mitragliatrici... erano stati bambini. Nessuno di loro ha raggiunto i sedici anni...

Con orrore, Karl contò fino a una ventina di corpi inerti, fatti esplodere dall'onda d'urto o colpiti da una scheggia.

" Hey ecco! gridò la voce di Wagner con voce roca. Qualcuno sta scappando! Catturalo!

Stava indicando un punto nel fumo denso. Una figura sfocata si perdeva tra le macerie. Due dei soldati le corsero dietro, sparando in aria con i mitra. Poi, ordinarono energicamente:

"Alto! Fermati, o spariamo per uccidere!...

Karl aspettò rigidamente. In quel settore si vedeva a malapena a quattro o cinque metri di distanza. Il fumo delle esplosioni e la polvere delle macerie formavano una nebbia sporca impenetrabile e maleodorante che confondeva e offuscava tutto. Non lontano da lui, Helmut Wagner sembrava guardarlo di traverso, aspettando che tentasse lui stesso la diserzione, spronato dalla paura.

Tuttavia, Karl non si mosse. Né aveva paura. Solo disgusto, orrore, disgusto per molte cose. Non voleva nemmeno guardare le facce dei ragazzi, stipati in quello che era un nido di mitra.

I soldati tornarono. Tra loro, dominati dai loro fucili mitragliatori... un altro bambino. Giovani come quelli che giacevano lì, forse anche più giovani. Karl Martin ha stimato che avesse tredici anni. Stavo piangendo; la sua guancia era tagliata, i suoi vestiti anneriti e schizzati di sangue, i suoi occhi spalancati dal terrore. Indossava un'uniforme della Gioventù Hitleriana.

"Era un disertore", riferì un soldato delle SS. "Aveva intenzione di scappare e aveva persino lasciato cadere il fucile.

"Davvero? Così diserti, piccolino? chiese freddamente Wagner.

"Io..., io... ho paura..." singhiozzò il bambino. Il pianto scuoteva il suo corpicino, gelido e tremante. Indicò, con patetica semplicità, il fossato pieno di morti. Uno di loro... è mio fratello! Mio fratello Gert! È morto!

"Non importa. Né ti esonera dalle tue colpe "Wagner cut, ermetico". Sei un disertore. Conosci la pena che il Führer impone a ogni disertore di qualsiasi età?

Il ragazzo, il visino trasformato in una maschera convulsa di paura e di angoscia, singhiozzava senza rispondere. Lo stava guardando implorante, chiedendo un po' di comprensione.

"Morte, ragazzo", disse Wagner. "Non ci può essere perdono. Stai per essere impiccato.

"No!" Urlò, tremando. Oh no no! Perdono! Misericordia, signore, misericordia...!

"Non c'è pietà per i disertori. Lì vedo un lampione in piedi. Servirà. Dai, prepara l'esecuzione.

Karl Martin si fece avanti, livido.

«Tenente Wagner, non dici sul serio, vero?

«Tenente Martin, la legge è la stessa per tutti», intervenne Wagner con tono acido, che subito aggiunse, socchiudendo gli occhi con un'espressione glaciale e maligna: «Sarà lei il compito di farlo». Tenente Martin, impicchi quel piccolo disertore!

****

Tutti gli occhi erano su di lui. Il malizioso, crudele, di Helmut Wagner. Quella dei tre SS superstiti della pattuglia repressiva. E del bambino. Soprattutto quello del bambino...

Ci fu un silenzio, una pausa terribile, carica di tensione minacciosa.

"Dai, cosa stai aspettando?" - Wagner ha insistito bruscamente". "È un ordine", tenente.

Karl si alzò, molto calmo, molto freddo. Anche stranamente freddo.

"Mi rifiuto di obbedire" ha risposto.

Il nuovo silenzio era come quello di una tempesta prima di scoppiare. L'elettricità sembrava scorrere nelle vene di tutti loro, ad altissima tensione.

"Cosa ha detto?" sibilò Wagner. Ripetilo, Martin.

"Non ho intenzione di impiccare il ragazzo. Mi rifiuto di obbedire, tenente Wagner.

"Per l'ultima volta, ho soffocato il ragazzo. Il Führer ha organizzato così, te ne sei dimenticato?

«Non dimentico niente. Ma non uccido bambini, tenente.

"Questa è... questa è ribellione.

"Sì.

«Tenente Martin, devo giustiziare 'anche lei' se si rifiuta di obbedire.

"Lo so già.

Il suo sangue freddo ha sbalordito anche i soldati delle SS. Wagner sembrava raggiante, ma anche scioccato dal suo suicidio cosciente. Il ragazzo imprigionato non aveva spazio per lo stupore.

"Molto bene," concluse Wagner, con un profondo sospiro. Lascia cadere la pistola e alza le braccia. Devo impiccarlo, secondo l'ordine del "mein" Führer. Non ha nemmeno l'onore dell'esecuzione.

"E questo ti rende felice. Vai avanti, Wagner - "ha lasciato cadere il suo mitra. Alzò lentamente le braccia. "Non potevi sognare una vendetta migliore, vero?

Wagner sorrise gelido, senza commenti. I soldati della sua piccola pattuglia si preparavano all'obbedienza, ottemperando alle fatali disposizioni di Hitler al riguardo: la forca per entrambi, in una lampada miracolosamente intatta per quanto riguardava il suo palo, morso da una scheggia, ma non la sua lampada, rotta e malconcio.

«Stai... morirai per me, signore? "Mormorò il ragazzo della Gioventù Hitleriana, terrorizzando il braccio di Karl, ancora in soggezione per quello che era successo." Perché?...

«Perché ci sono ancora esseri umani nel mondo, figliolo», disse Karl con voce roca. Potresti non capirlo. Certamente non puoi capirlo dopo le dottrine che ti sono state messe in testa. Hai reagito solo d'istinto, da bambino quale sei, nel vedere tuo fratello morto. Se ti avessero anche insegnato... ad amare i tuoi simili... allora avresti capito. Sono cose che si fanno perché non si potrebbe fare altro. E se necessario, muore per questo, sì.

«Basta con le chiacchiere», intervenne Wagner. «Andiamo, Karl Martin. Sarai il primo a subire la punizione della forca.

Karl fece un passo deciso verso la lanterna. Avevano già passato la corda attraverso di essa. In pochi secondi avrebbero compiuto una giustizia brutale. Il tenente Martin non sembrava spaventato. Sorrise quando gli misero la corda al collo.

"Spero che ci vedremo presto, Wagner", ha detto. Solo tu e tutti coloro che hanno affondato la Germania soffrirai una morte mille volte peggiore di questa. Muoio felice per il mio paese. Per una Germania migliore. Ma non per il Reich, non per Hitler, non per tutta questa dannata follia nazista.

"Già abbastanza!" Wagner sibilò, gli occhi fiammeggianti. "Ora si svela il traditore, il nemico del Reich. Buon viaggio all'inferno, Karl Martin!

Fatto un gesto. I soldati delle SS si prepararono ad issare la fune, appendendo Karl come ogni disertore o sedizioso veniva impiccato al Reich in quei momenti terrificanti per il III Reich morente...

8

Già sulla soglia della morte, Karl si è posto una domanda:

"Cosa è successo a quella ragazza, Erika?...

sì nel momento supremo, in la trance tra la vita e l'eternità, sapeva perché l'aveva difesa, perché ci teneva così tanto a lei, perché cercava avidamente nella Berlino dantesca la minima traccia di lei, un segno di speranza che gli diceva che ancora cugina di Roszy era ancora vivo.

Sapeva di essere attratto da lei. E che quell'attrazione, forse, era l'amore. Qualcosa che non ha mai provato per nessuna donna. Nemmeno per la povera Roszy, che era solo un idillio del momento, un'avventura nel caos incerto della guerra...

Questo era diverso. Sì, potrebbe essere... amore. E scoperto ora. Quando era troppo tardi per tutto. Anche per cercare Erika, per cercare di salvarla da quell'inferno.

"Fate rispettare la legge!" Ha sentito dire Helmut Warner. Gli uomini delle SS spostarono la fune, iniziando il loro compito...

Poi tutto fu cancellato, in mezzo a una valanga agghiacciante di allora, fumo, polvere, terra e sassi, schegge e sangue...

* * *

La confusione più spaventosa e incredibile ha inghiottito tutto, proiettando Karl in un mondo in cui tutto sembrava una storia d'amore, poco plausibile ed eclatante.

Gli ci vollero interi secondi per sapere cosa era successo, per muoversi tra valanghe di pietra, allontanando dal suo fianco il cilindro di ferro nero battuto della lanterna, allentato e lacerato.

Poi, ricostruendosi, accecato dalla polvere e dal fumo, tossendo, con un sapore pungente in gola, si mise a sedere lentamente, sapendo che era ferito, che sanguinava da qualche parte nel suo corpo, e che tutto quel caos non era altro che lo sfogo. di una granata d'artiglieria, non lontano da dove si trovava la lanterna sospesa.

Una granata che aveva rovesciato tutto, anche la forca improvvisata di Karl e il ragazzo disertore...

Scosse la testa, stordito. Si portò entrambe le mani al viso. Ne tolse uno imbevuto di qualcosa di caldo, viscoso, che gli colava lungo la guancia e il sopracciglio, provenendo da un punto della testa, dove gli arrivavano dei detriti.

Riuscì ad alzarsi completamente in piedi, facendo cadere pietre e macerie. Le sue gambe risposero, muovendosi facilmente, un po' doloranti per l'impatto di tanti oggetti contundenti che avevano ricevuto poco prima. Anche le braccia sembravano intatte.

Era ancora completamente assordato, come se i suoi timpani fossero stati squarciati. Il ruggito dell'esplosione era troppo terribile perché lui potesse percepire alcun suono ora.

Fece qualche passo, si appoggiò a un pezzo di muro, sentì qualcosa che non riusciva a vedere attraverso la polvere densa e il fumo grigio. Qualcosa si è attaccato al muro. Lo attirò a sé, avvicinandolo ai suoi occhi.

Lo rilasciò con un grido vuoto, pieno di orrore.

Era una mano. Una mano strappata alle sue radici, insanguinata e terribile, ferma, con il polsino di una divisa marrone, con lo stemma delle SS...

Quella mano si era schiantata contro il muro quando il suo proprietario si era spalancato e si era attaccata al muro come una patella. Qualcosa di atroce...

Non era certo la manica di un ufficiale, ma di un soldato. Qualcuno meno fortunato di lui, della piccola pattuglia.

Il fumo si stava già dissipando, la polvere si stava depositando, schiarendo un po' la vista. Tossendo, con gli occhi inondati di lacrime e uno di loro anche accecato dal sangue dalla sua fessura nel cuoio capelluto, Karl Martin si spostò, cercando di sbirciare intorno a sé.

Scoprì quasi subito nuovi orrori: frammenti di uniformi da soldato, elmetti d'acciaio, massa cerebrale che schizza a terra, sangue come in un mattatoio, braccia e gambe di tre uomini...

Nessuno dei soldati è rimasto in vita. Forse doveva il miracolo al fatto che il metallo della lanterna proteggeva il suo corpo dall'impatto diretto, e lo scagliava dove le schegge non lo avevano colpito.

Una specie di miracolo, pensò goffamente Karl Martin, cercando di vedere oltre, attraverso il fumo.

Altri incendi, che hanno colpito l'area, hanno segnalato gli impatti delle granate nemiche su Berlino. Il fuoco stava diventando più intenso, più devastante. L'intera città era un immenso falò o un cimitero di rovine, e la decisione di Zuchov sembrava essere quella di entrare finalmente in una città devastata, ridotta al nulla.

Karl fece ancora qualche passo fuori dalle macerie, sulla strada deserta, sporca e dissestata. Stava cominciando a cercare un'arma intatta per andare avanti, ora solo, attraverso la caotica Berlino, quando la voce lo fermò di colpo:

"Accidenti... a..., Martin...

Karl si voltò quando riconobbe quella voce. Poi saltò di lato, puntualissimo.

Helmut Wagner ha tirato il colpo con il suo machete, che ha sibilato via da Karl, finendo per rotolare sull'asfalto crepato. Wagner, di fronte al suo fallimento, si precipitò da Martin, mettendo la mano sulla fondina, per estrarre l'arma che aveva ancora.

Sebbene la sua uniforme fosse annerita e strappata, e il viso e le mani coperti di graffi, anche Wagner era uscito illeso dall'esplosione. Karl sapeva che la sua vita, salvata miracolosamente poco prima, valeva poco adesso come allora. Se Wagner avesse preso la sua "Luger", lo sparo non avrebbe potuto in alcun modo eluderlo.

Determinato a tutto, Karl avanzò con velocità, in una corsa esitante ma vertiginosa, sul suo nemico, Wagner, intuendo le sue intenzioni, si fermò sulle sue tracce invece di continuare ad avanzare passo dopo passo.

Lo vide sbottonare la fondina, cominciare ad estrarre la Luger, sollevarla velocemente verso di lui...

Allora Karl si gettò in un tuffo disperato, ancora lontano dal suo nemico.

La Luger ha sparato. Un rimbombo secco nell'aria carico dell'odore di esplosivo e di macerie Karl atterrò violentemente sulle gambe di Wagner, in un ultimo strattone delle sue braccia, afferrando le caviglie dell'ufficiale delle SS e tirandolo con violenza.

Wagner rotolò a terra e Karl si aggrappò rapidamente a lui, combattendo ferocemente, afferrando il polso armato con una mano di ferro. In quell'immobilità della mano destra di Helmut Wagner c'era la chiave di tutto. Se ha fallito in questo, era perduto.

I due si dibatterono, colpendosi a vicenda con ginocchia, gomiti, testa e piedi, bloccati in un duello virulento in cui l'uno o l'altro sarebbe finito per morire, perché Karl era già il disperato che poteva ottenere il diritto di vivere solo eliminando suo compatriota.

La lotta si fece virulenta, convulsa. L'odio scuoteva i lineamenti di Wagner e disperava quelli di Karl, poiché i suoi muscoli mettevano quanta più energia possibile nell'assalto rude e feroce,

Per due volte il "Luger" quasi indicò la bocca di Karl. E per due volte il giovane tenente del "Panzer 21" è riuscito a scrollarsi di dosso la pericolosa minaccia deviando con tenace energia la mano armata. Lottò per fargli cadere l'arma, ma le dita di Wagner erano come uncini d'acciaio nello sforzo opposto.

L'ufficiale delle SS notò la sua ferita al cuoio capelluto e alla prima occasione riuscì a collegarvi una tremenda testata. Wagner era stato anche più fortunato di Karl nell'esplosione, e le sue ferite erano piccoli graffi, non un taglio lungo e profondo come quello di Martin. La testata ora scuoteva Karl con un dolore lancinante e aumentò l'emorragia, che accecò completamente Karl. Sbalordito, cedette alla sua pressione.

Puntuale, già aspettando quel frutto della sua azione, Wagner si alzò leggermente e riuscì a ribaltare completamente la posizione di entrambi i corpi. Karl era ora sotto di lui. È bastato scuoterlo violentemente, tanto che il capo del tenente della divisione "Panzer" ha subito un forte colpo alla nuca con l'orlo di un macerie. Rimase sbalordito, lottando disperatamente con l'improvvisa goffaggine che lo travolgeva e l'indolenzimento che gli attanagliava i muscoli ei nervi.

Con una risata trionfante, Wagner si raddrizzò, la mano armata libera. Lo abbassò, mirando direttamente alla testa di Karl con la sua "Luger".

"Cane traditore, muori!" La sillaba dell'ufficiale delle SS

Karl si agitò in un'ansia inutile. stavo per morire. Adesso sembrava che niente potesse più salvarlo. C'era una volta un miracolo. Una seconda granata non sarebbe venuta a tirarlo fuori di nuovo dall'oscurità della morte...

La detonazione gli fece tremare i timpani, gli trapassò il cervello, come se perforasse insieme a un proiettile, alla ricerca della sua massa encefalica. Poi, come un'eco, seguirono altre detonazioni, molte altre...

***

Il corpo di Helmut Wagner, fatto a pezzi, si trasformò improvvisamente in una forma che appariva tagliata da proiettili, in una lunga striscia rossa e sanguinante, all'altezza dei suoi fianchi, iniziò a oscillare, gorgogliando sangue tra le sue labbra ingrossate, vitree, incredule . gli occhi prima della morte che aveva predisposto per il suo antagonista e che, inspiegabilmente, ora si nutriva di lui...

Aveva ancora la forza, l'energia, per cercare con uno sguardo annebbiato l'origine di quella striscia sferragliante di proiettili che gli cadeva addosso. E scoprì l'assassino, il personaggio che aveva salvato la vita a Karl Martin all'ultimo secondo.

"Mal... di... to!..." ansimò l'ufficiale delle SS, sbriciolandosi lentamente, incapace perfino di premere il grilletto della sua arma, lo sguardo fisso, vedendo appena le forme terrene, nella figura rimpicciolita e minuscola di il bambino che stava per morire impiccato. Il bambino combattente, condannato come disertore, l'adolescente morto di paura, di angoscia, di incomprensione davanti a quell'accumulo di orrori che aveva dovuto vivere...

Anche Karl stava fissando il piccolo combattente. Scoprì il suo corpicino, imprigionato sotto le travi di ferro e le macerie dell'edificio abbattuto dalla granata, le gambe squarciate, il corpo sanguinante, la sua età pallida, ma vivace e luminosa, i suoi occhi infantili, enormemente aperti all'atrocità che il suo le mani avevano appena fatto. commettere.

"Grazie, piccolino..." sussurrò Karl, mentre gli ultimi spasmi immobilizzavano già Wagner ". Grazie di tutto. Adesso io... ti tirerò fuori di lì.

"Non sforzarti" il ragazzo scosse la testa, tirando fuori il mitra di Karl, quello che aveva preso poco prima, dal luogo dove giaceva, per scaricarlo contro l'ufficiale delle SS- ". Non c'è soluzione, tenente... Penso... penso che sto morendo.

"Non parlare così, figliolo. Ne uscirai vivo. E nessuno ti punirà per aver avuto paura. È... è così umano avere paura. Soprattutto alla tua età.

"È divertente, tenente. Ma non ho più paura. Non più ... "il suo faccino scarno sorrise dolcemente," Ora che sto per morire, non temere nulla. Né avevo paura di salvarti sparando a quell'orribile amico, non credermi... un traditore, o un... codardo.

"Certo che no, figliolo. Nessuno ha pensato questo di te. Solo quei pazzi che stanno conducendo al macello la migliore gioventù tedesca" avanzò lentamente, riprendendosi dal suo stordimento, verso il ragazzo al quale, in definitiva, doveva la vita. E per chi sapeva di non poter più fare niente". La Germania sei tu, sono io... sono tutti quelli che sanno distinguere tra una lotta dignitosa e l'amore per la Patria, e quella follia egoista e feroce di un manipolo di maniaci scatenati. Un giorno ci sarà una Germania migliore... e lo dovranno ai ragazzi come te, a quelli che hanno paura solo di ciò che non capiscono o non sentono... Molti uomini la pensano allo stesso modo, figliolo. Siamo esseri normali, quelli che vogliono la pace, un mondo migliore, uguale per tutti...

Callo. Non valeva la pena continuare a parlare. Il ragazzo aveva gettato indietro la testa. Poggiava sulle macerie, pallido e inerte. Quando è morto, un sorriso era stato inciso sul suo volto. Forse l'unica luce di felicità e speranza che aveva conosciuto in molti anni, e doveva venire proprio allora.

«Dio ci perdoni», mormorò Karl, scosso, «Dio ci perdoni tutti...

Si allontanò lentamente, tra macerie e pietre, tra rovine e crateri, dopo aver chiuso gli occhi del ragazzo e aver recuperato il suo mitra. Adesso era solo. Solo in terra bruciata, in un terreno che il nemico presto avrebbe calpestato.

Ma non fuggì, non partì di là. Piuttosto, i suoi passi lo portavano avanti, verso le trincee e i combattimenti feroci, feroci, verso le nuvole di polvere e fumo delle esplosioni. Verso i ponti sul Wannsee.

C'era ancora qualcosa. Qualcosa per cui lottare a Berlino, quella Berlino scioccante e morente.

C'era Erika. Morta o viva, voleva trovarla da qualche parte, ovunque potesse essere.

Tutto il resto aveva cessato di importargli, assolutamente tutto. Anche la sua stessa vita...

9

Il crepitio delle armi era come uno scoppio, un'eruzione virulenta che emergeva qua e là, nella città dilaniata, in un angolo diroccato o in una strada deserta costellata di morti da una parte e dall'altra.

Poi finiva sempre allo stesso modo: carri armati pesanti e massicci, che si muovevano per le strade, travolgendo le deboli difese naziste. E i carri armati russi avanzavano di qualche metro, forse di un chilometro in città, alla ricerca della capitolazione definitiva di Berlino.

Al sangue e poi. Vita per vita. Così i tedeschi difesero la loro capitale. Caddero senza sosta davanti alle colonne corazzate di Zukhov. Ma morirono dopo una strenua resistenza che allungò i giorni, facendo sembrare di gomma il periodo che gli alleati si assegnarono per occupare la capitale del Reich.

Avevano pensato che il 25 sarebbe già stata raggiunta la Cancelleria del Führer. Ma il 26, all'imbrunire, i carri armati russi erano ancora lontani. Persino gli americani combatterono furiosamente dall'altra parte di Berlino, sul lato ovest, combattendo contro lo spirito di un pugno di eroici difensori che facevano pagare cara ogni centimetro di terra.

Così, la lotta continuò e l'inevitabile fine si allungò, subì continui rinvii, che aumentarono la virulenza offensiva dei russi e degli anglo-americani, nel loro sforzo congiunto per raggiungere, nell'ultimo affondo, il cuore stesso di Berlino.

Così, un uomo, un fantasma tra quelle rovine, un soldato che non dimenticava il suo mitra e che sapeva usarlo in ogni momento contro gli assalitori della città, come un berlinese qualunque, poteva continuare a cercare, sempre alla ricerca, per una donna che sembrava essere completamente sparita...

Quell'uomo era il tenente della divisione Panzer 21 Karl Martin. Quella donna, Erika Polman, dei servizi ausiliari della Cancelleria del Führer.

* * *

L'arma sputò fuoco con un'esplosione rapida e impressionante, in un'esplosione crepitante che fece tremare la ripida e tortuosa strada in rovina.

La pattuglia di soldati russi divenne un tremendo setaccio di corpi, e rotolarono sull'asfalto, schizzandolo di sangue. L'arma del solitario combattente tedesco fumava, dopo la formidabile ondata di proiettili lanciati sui soldati nemici, infiltrati in quel settore deserto di Berlino.

L'assassino si è passato il dorso della mano sul viso, asciugandosi il sudore. I suoi occhi scrutarono la strada, notando il minimo segno di nuovi nemici. In mezzo alla strada c'era il veicolo tedesco con la svastica, i cui occupanti erano però sovietici. Forse i soldati russi hanno trovato una pattuglia tedesca, decimandola, e poi hanno occupato il veicolo per entrare più facilmente nell'area prescelta di Berlino.

Erano sfortunati. La bocca di Karl Martin si contorse in un sorriso duro che non era nemmeno un sorriso. Uccidere non lo soddisfaceva. Nemmeno i nemici. Non risolverebbe nulla, né salverebbe Berlino. E, tanto meno, in Germania. Era solo questo: un'altra scaramuccia. Un modo per pagare con il nemico vive le vite dei compatrioti caduti. Karl non era un nazista. Ma era tedesco. Adesso difendeva un pezzo di terra e una bandiera, non un'idea politica, una dottrina o una personalità. Era contrario al nazismo, non un traditore.

Avanzò lentamente, arma pronta. Esaminò i caduti, controllando che nessuno fosse vivo. Evitò di guardare i volti dei soldati morti. Non aveva niente contro di loro. Erano esseri umani, come lui. Uomini con gli stessi problemi. Forse avevano moglie, figli, genitori o fratelli che aspettavano invano il loro ritorno. Era disgustato da molte cose. Scosse la testa, scosso.

"Oh, Dio," sussurrò. È che non puoi mai vivere in pace?

È arrivato vicino alla macchina. Era in buone condizioni. I russi avevano fatto bene a usarlo. Era tentato di cadere nella trappola, se non fosse per il fatto che temeva sia le pattuglie naziste che alleate, e si era nascosto, finché non li aveva sentiti parlare russo e aveva scoperto le loro uniformi.

"Posso usarlo per andare più veloce" rifletté. Devo sbrigarmi a trovare Erika... o non avrò tempo. Non ci vorrà molto prima che i russi invadano l'intera capitale...

Fece qualche altro passo. Poi, improvvisamente, qualcuno si alzò in macchina, afferrando il mitra montato posteriormente su un treppiede rotante. Gli brandirono contro la temibile arma automatica, con sorprendente precisione.

Karl, sorpreso dalla presenza del soldato russo, precedentemente nascosto all'interno del veicolo, impiegò un po' di tempo a ricostruirsi. Ma anche così, è arrivato in tempo, per pochissimo.

La pistola era già puntata su di lui, quando Karl Martin premette risolutamente il grilletto del suo mitra, la sua espressione tremante, la sua ciocca bionda che spazzava ribelle, la sua ampia fronte sudata di polvere, fumo e sangue.

Rat-at-at-at-at-at...

Il rumore era accompagnato da saliva calda e fiammeggiante. Il russo tossì, agganciando le mani alla mitragliatrice del veicolo, barcollò violentemente e si accasciò, ruzzolando sordo sull'asfalto, il sangue già sgorgava dalle ferite e dagli angoli delle labbra.

Questa volta, Karl è stato più cauto. Per prima cosa, ha frugato all'interno del veicolo con la canna fumante del suo mitra. Successivamente si mise al volante, dopo aver verificato che l'intera pattuglia nemica era stata sconfitta. Posò il mitra sulle ginocchia e avviò il motore. Accelerato.

Il veicolo si perdeva negli ampi viali fiancheggiati da rovine e muri nudi. Guidato da un uomo che continuava a cercare, cercare. Sempre alla ricerca, instancabile e tenace.

***

La notte del 28-29 è stata un'altra nell'ossessivo incubo berlinese di sangue, fuoco e orrore.

Le prime ore del 29 hanno portato un evento inaspettato al "bunker" del Führer: il suo matrimonio con Eva Braun. Un matrimonio tragico, alla vigilia della morte...

Himmler lo aveva già tradito, cercando di riappacificarsi in Germania con il conte Bernadotte. Goering era agli arresti da parte delle SS L'ammiraglio Doenitz è stato confermato nella successione del capo di stato nazista.

È successo nel "Führerbunker" della Cancelleria di Berlino. Nel frattempo, in un'altra parte della travagliata città tedesca, altri due personaggi, più oscuri e ignorati del Führer e di sua moglie, giungono alla loro patetica fine...

* * *

"Ancora una notte... Allora, fino a quando?

"Non lo so. Nessuno lo sa. Dobbiamo resistere. Resistere il più possibile.

E... e' possibile, dottor Ulmer?

«Non lo so nemmeno io», confessò sinceramente il medico militare. "Credo di non sapere più niente di niente, Erika. Questa guerra, questo orrore... mi hanno sconvolto. Sì, non voglio nemmeno pensarci. Quindi? Sarebbe tanto più terribile.

"Molto di più..." Gli occhi di Erika seguirono le linee dei feriti. Molti di loro incurabili, altri terribilmente mutilati. Più di una volta gambe o braccia sono state gettate nei bidoni della spazzatura, come oggetti inanimati senza valore. Ed erano membra umane, pezzi di un corpo mutilato da un intervento chirurgico, un disperato tentativo di salvare vite a tutti i costi.

"So cosa ne pensi. Sono diversi giorni che visiti gli ospedali di emergenza, vero?

"Sì, dottor Ulmer. E io non sono un'infermiera, non lo sono mai stata. Era in un avamposto a scontare una punizione. Questo... questo è fantastico per me. Non so se ne prenderò di più.

"Sta già sopportando molto." Il dottor Ulmer la guardò pensieroso. Dici che l'hanno punita? Oms?

"L'ufficiale delle SS Un mi ha notato e non ero molto disponibile con lui. Si è vendicato.

"Il vero..." l'ufficiale medico del Corpo sanitario militare del Reich si controllava. "Le SS... la Gestapo... Tutto questo è ciò che ci ha portato a questo caos! Il marciume, l'egoismo, i miserabili parassiti che hanno succhiato il sangue della Germania, Erika... Se non fosse così necessario per me, io ti chiederei... di andartene da qui, per cercare di scappare da questo inferno.

"Dove?" chiese amaramente.

"Sì, dove?" Ha meditato il dottore ", dove se tutto fa parte dello stesso inferno? Non hai nessuno che ti aspetti, nessuno che si prenda cura di te se ... se ne esci?

«No, dottor Ulmer. Avevo un cugino. La Gestapo l'ha uccisa. I miei genitori sono morti molto tempo fa... La mia casa è stata affondata dai bombardieri inglesi... "Per un attimo, gli apparve nella mente il volto sorridente, giovane ed energico, di un arrogante ufficiale della divisione "Panzer 21". effigie con un gesto scettico, impulsivo". No, non ho nessuno, certo. Se muoio, neanche loro piangeranno per me...

Il dottor Ulmer la fissò. Aveva pensato di cogliere quell'esitazione sul suo viso. L'ufficiale medico sorrise, scosse la testa e poi disse lentamente:

"Nessuno che la pianga, nessuno che la cerchi in questo mondo angosciato e orribile... È divertente, Erika.

Lei lo guardò acutamente. Sbatté le palpebre, non capendo l'accento che Ulmer metteva nella sua voce.

"Cosa c'è di curioso?" Voleva sapere.

"Quello che hai detto. È buffo che non ho nessuno... e un uomo mi ha detto il contrario oggi.

"Un uomo!

"Sì. L'abbiamo trovato ferito da schegge russe in una delle nostre auto di pattuglia. Non è delle SS. È un tenente dei "Panzer Ventuno". Da giorni e giorni gira per Berlino, cercandoti incessantemente. deve aver impiegato molto tempo per arrivare qui...

"Karl! Karl Martin!

"Pensavo che non conoscessi nessuno che si prendesse cura di te, Erika. questo è il suo nome...

"OMG! Karl... "gli tremavano le ginocchia, le mani, le labbra." Questo...?

Ferito, ma non gravemente. Nulla di serio. Ha avuto un precedente trauma cranico. Ne ha ricevuti altri. È un ragazzo forte come un toro. Era febbricitante. Diceva solo: "Erika, Erika... Erika". L'ho interrogato, in un momento di lucidità. Era Erika Polman che stava cercando...

"Mio Dio, devo vederlo!" Lei ansimò. Devo vederla, dottore! Anche lui... non ha nessuno...

"Va bene, wow. Vedrà se è davvero lui "sorrise Ulmer" -. Ma non svegliarlo. Gli ho somministrato un antidolorifico. Domani puoi parlargli. Era con te alla Cancelleria?

"Sì...

"Beh, potrebbero essere in grado di tornare lì. Tutto dipende da come sta...

Ma Erika non lo ascoltava più. Corse a vedere l'uomo che entrava nel pronto soccorso chiamando incessantemente il suo nome. Desiderava sapere se Karl Martin fosse davvero vissuto e avesse viaggiato per l'inferno di Berlino in cerca di lei...

Quando era davanti al letto, il suo cuore batteva violentemente.

Magro, profondamente addormentato, la barba bionda lunga, ferito, pallido, a malapena l'ombra dell'ufficiale arrogante che aveva incontrato nel bunker. Ma era lui. Era Karl Martin.

Senza sapere perché, si ritrovò a ringraziare Dio per tutto ciò...

* * *

«Davvero, dottor Ulmer?

L'ufficiale medico dell'esercito tedesco annuì con la sua massiccia testa bionda.

"Sì", disse brevemente. Non c'è tempo da perdere. Parti oggi. Domani, 1 maggio, i russi avranno completato l'occupazione di Berlino. Forse i tuoi amici della Cancelleria possono fornirti un mezzo di fuga da questo caos.

Karl, ancora esitante, strinse calorosamente la mano di Ulmer. È salito sul veicolo che ha portato lì, e che il medico gli ha restituito in perfette condizioni. Erika, accanto a lui, era coperta da un mantello militare da cui erano stati strappati gli stemmi. La giornata era grigia, quasi fredda e inclemente.

"Ti auguro buona fortuna", mormorò Ulmer. Ne avranno bisogno... qualunque cosa accada.

Erika lo guardò. Carlo la guardò. Non si erano quasi detti niente. Un saluto, una stretta di mano nel vederli entrambi, Karl già cosciente. Ma le sue mani tremavano quando strinse. C'era qualcosa, una corrente magnetica che passava dall'uno all'altro. Ma non una parola. Nemmeno uno...

"Andate là fuori, ragazzi", esortò Ulmer. "Sono le sei del pomeriggio e la notte deve raggiungerli quando sono tornati al sicuro nel bunker...

Carlo annuì. Si salutarono, entrambi uomini. Il veicolo partì, sotto il rombo degli aerei russi e americani, sullo sfondo della Berlino in frantumi, malconcia, fatiscente, scossa da granate sovietiche, obici e raffiche di artiglieria.

Karl guidò per diverse strade, cupo. Erika lo guardò.

"È vero che mi hai cercato per tutta la città, Karl? -" chiese.

"Sì è corretto...

"Durante i giorni?

"Sì.

"Oh mio Dio... E il tenente Wagner?

"Morto.

"E adesso? Cosa accadrà?

"Non lo so. Le SS hanno perso il favore del Führer. Lo hanno tradito tutti. Ora quasi mi dispiace per lui. Nonostante tutto il male che ha fatto...

"Forse... forse non ci arriveremo mai.

"Forse. Possiamo morire, Erika.

O cadere nelle mani dei russi.

"È anche possibile" la guardò di sbieco. "Qualunque cosa accada, Erika, voglio che tu lo sappia ora.

"Chissà... cosa, Karl?" Lei rabbrividì bruscamente.

"Ti amo, Erika.

"Carlo!

"Ti ho sempre amato. Questo spiega tutto, no? "Cercavo di essere duro. E lui non ci riusciva.

"Oh, Karl, tesoro..." si chinò su di lui, gli baciò i vestiti, le mani sul volante. Lo guardò pateticamente, teneramente. "Karl, credo... credo di aver sempre avuto un debole per te. Ma questa dannata guerra...

"Sì, tutto lo rende difficile. Ma ci ha permesso di incontrarci, ci ha uniti, ci ha separati... per unire di nuovo ora,

"E forse ci separerà di nuovo, Karl" tremava.

"Forse. Se ciò accade...

"Che cosa?

"Se succede, Erika..., voglio che tu senta questo.

"Dimmi, Carlo.

"Ogni giorno 30 aprile, da quando torni ad essere padrone delle tue azioni, quando tutto questo è alle spalle...

"Parla parla.

"Aspettami sempre in un posto.

"Quale?

«Un posto chiamato Gottinga.

"Sì, Carlo...

"Nel piccolo cimitero locale..., davanti alla tomba di una ragazza di nome Roszy Polman.

"Si si!" Due grosse lacrime rotolarono dagli occhi di Erika.

"Te l'avevo promesso una volta, Erika. È... è un buon posto per me e te per incontrarci di nuovo... se mai dovesse succedere.

"Ci sarò, Karl... ogni 30 aprile. Non importa quanti anni passano...

Carlo non ha risposto. Improvvisamente ha frenato la macchina. Guardò davanti a sé. Colse la tensione, l'angoscia nel suo gesto. Ha anche guardato laggiù. Karl Martin iniziò a prendere in mano il suo mitra.

"No, Karl" rifletté. Sarebbe inutile... Tutto è inutile adesso.

Karl la guardò. Poi tornò a guardare i veicoli russi, i gruppi di soldati sovietici armati, gli ufficiali a guardia delle strade e degli ingressi.

Alzò le braccia, mormorando:

"Hai ragione. Già tutto è inutile, Erika...

Ancheen ha sollevatoole tue braccia. I russi avanzarono su di loro. Un ufficiale, pistola in mano, chieseo in tedescoperrudimentale n:

"Dove stavano andando?

Karí non ha mentito:

«Alla Cancelleria del Reich.

"Con Hitler?" Chiese il russo, sorpreso dalla sua sincerità.

"Sì.

"Fedele a lui?

«Fedele alla Germania, signore.

L'ufficiale li guardò. Non troppo ostile. Fece loro cenno di scendere. Sono stati registrati.

"È inutile che se ne vadano", disse l'ufficiale russo.

Carlo non ha risposto. Il nemico lo studiò, con un mezzo sorriso.

"Sarebbe inutile, anche se fossero stati incondizionati del loro Führer" ha aggiunto ". La notizia si è diffusa a macchia d'olio in tutta Berlino, si sa. Adolf Hitler... si è suicidato.

Karl arricciò le labbra. Senza sapere perché, si sentì di nuovo dispiaciuto. Era assurdo, ma lo sentiva. Anche se non avrebbe dovuto sentirlo. Forse era troppo umano.

"Si è suicidato..." ripeté lentamente. Quindi, davvero, era la fine.

"Sì, è la fine del Reich" sospirò l'ufficiale sovietico. Ora lascia che separi te e la signora. È regolamentare, capisci? Avete qualcosa da dirvi prima? Potrebbe... potrebbe volerci molto tempo prima che si rivedano.

"Capisco, sì." Karl fissò Erika. Le sorrise allegramente dal suo viso pallido. "Ricorda, cara. Al cimitero... un 30 aprile.

"Ci sarò, Karl" promise Erika, ricambiando il sorriso tra le lacrime.

Successivamente furono separati. Berlino tremava ancora sotto il fuoco dell'artiglieria. Ma erano già le ultime convulsioni. L'ultimo...

Nel "bunker" della Cancelleria erano già stati cremati due corpi, perché nessuno li insultasse: Adolf Hitler ed Eva Braun, in tragica luna di miele.

In una strada casuale nella fatiscente Berlino, due esseri si sono separati, forse per sempre: Karl Martin, tenente del "Panzer 21", ed Erika Polman ...

EPILOGO

"Per sempre?"

Non.

Un giorno del 1949, quattro anni dopo, due giovani in lutto si trovavano nel piccolo cimitero di Göttingen, in Germania.

Di fronte a una tomba dove si leggeva: "Qui giace Roszy Polman. Ucciso nel 1945. Ucciso dalla Gestapo. "

Qualcuno me ne ha parlato a Gottinga. Non ho voluto saperne di più. Dopotutto, era quello che volevo. Un bel finale per una storia amara, dura e terribile della Seconda Guerra Mondiale: quella di un "bunker" a Berlino, e quella di alcuni degli esseri che la occuparono nell'aprile 1945..., quando crollò il Terzo Reich.

FINE

99

www.ingramcontent.com/pod-product-compliance
Lightning Source LLC
Chambersburg PA
CBHW031352160726
47993CB00002B/940